あじろ

赤松利市

双葉社

あじろ

装画　つちもちしんじ
装丁　ブックウォール

パパが折り畳み椅子に腰を下ろし足と腕を組んで言った。

「今夜、閉店後のこんな時間に、みんなに集まってもらったのは他でもねぇんだが……」

言葉を選んでいるように言い淀んだ。

閉店後といっても未だ午後十時過ぎで新橋では宵の口だ。閉め切ったガラス戸の外には多くの人が往来している。居酒屋を営んでいるのに酔っぱらいが大っ嫌いなパパは、午後十時には店を閉めてしまうのだ。

パパが呼び掛けた「みんな」とは、パパのお店『あじろ』の常連客だ。立ち飲み居酒屋なので、呼ばれた四人は、私も含めそれぞれがカウンターに肘を突いてパパの話に聞き入っている。パパが腰掛けているのは、足や腰の悪い高齢者のお客さんが来た時などに使う折り畳み椅子で、自分だけカウンター内で椅子に座っているのをパパも私たちも気にもしない。そもそもパパ自身も七十歳を超える高齢者で、午後四時の開店の二時間も前から仕込み仕事をしているのを皆知っているのだから、それもあたりまえか。

傍らで佇んでいるママは十八の折に東京のサラリーマンの聖地といわれる新橋で居酒屋を始めるというパパのもとに嫁いだ。

「このまま浅草で寿司屋の小僧をしていても詰まんねぇからよ、ここらで独立しようと思うんだ。新橋で立ち飲み屋をやりてぇんだが、洗い場の人手が欲しくてよ。どうだい、幼馴染みの縁で、手伝っちゃぁもらえねぇか」

思えばあれがプロポーズの言葉だったのね、とママから聞かされたことがある。

以来五十年以上営業している『あじろ』は、新橋の裏路地界隈ではもっとも旧《ふる》い立ち飲み屋のひとつで、詰めれば十五人くらい並べるカウンターと、四人が立ち飲みできるテーブルが四つ置かれている。

「他でもねぇんだが……」

パパが繰り返した。

「あのインテリ眼鏡のネエチャンのことでな……」

常連客に女性は少ない。パパのひと言で、全員が誰の話題か納得した。

「あのネエチャンがトラブルてぇか……厄介ごとに巻き込まれているようでよ」

「真由美《まゆみ》さんが？　どんなトラブルなんですか」

声を上げたのは天然パーマに小太りの青年のガンちゃんだった。

ガンちゃんは大手家電メーカーに勤務する青年だ。

カウンターの中で働くパパとママに気を遣い、テーブル席の客が帰った後、グラスや食器を片付けてテーブルを拭いたり、洗い場に立つママに手渡したりする優しい青年だ。

「どんなって、トラブルつったら厄介ごとに決まってんじゃねぇか」

「アンタ、それじゃ答えになってないよ」

堪りかねてママが割り込んだ。

「ことの経緯については、この話を報せてくれた和歌《わか》ちゃんに説明してもらいなよ」

週刊誌に記事を書いているフリーライターの私を名指しした。

若い頃、収入が安定していなかった私は『あじろ』が店を構える路地のいちゃキャバでキャッチをしていたことがある。もう二十年も前のことだ。

当時は中国人の娘らが路地で客引きをする時代だった。

娘らも通りを物色するサラリーマンも目的は売買春だった。

今では考え難いが、そんな時代も新橋にはあったのだ。

ある極寒の冬の日のことだった。

「これでも飲みなよ」

勤める店があるビルの前でキャッチをしていた私に声を掛けてくれたのがママだった。

「アンタが寒そうにしてるから、ウチの亭主が差し入れしてやりなってさ」

そう言って缶の甘酒をくれたのだ。

「ありがとうございます」

お礼を言って受け取った缶の温かさが身に沁みた。

遠慮の言葉も出ないくらい冷え切っていた私の身体の芯まで、それだけでなく、心の芯まで
パパとママの気遣いが沁みた。

「和歌子と申します」

その夜、閉店準備をしているパパの店に行って自己紹介し頭を深々と下げた。

パパはその後も冬には温かい飲み物を、夏には冷たい飲み物を用意してくれて、もう二人との付き合いも二十年近くになる。いつしか私は二人に懐き、パパ、ママと呼ぶようになった。

夜の仕事を辞めてからも、合間を見ては二人の店に通っている。

「さ、和歌ちゃん。この人らに説明してあげな」

「私がライターをしている雑誌に投書がありました」

ママに促されて切り出した。

結婚もし、ひとり息子が今年中学を卒業する年齢になった。四十三歳になった今もライターは続けている。共働きで家計に余裕があるほどではないが、今のご時世で、三食と住む所に困らないというのは感謝すべきことだろう。

「その告発によると真由美ちゃんがパパ活ビジネスに手を染めているらしいんです」

「そのパパ活ビジネスってぇのがよ――」

「アンタは出しゃばらなくていいよ。和歌ちゃんが喋った方が、分かりやすいよ」

ママがパパを制して話の先を促してくれた。

「なんでもSNSで家出少女やコロナ禍で困窮している未成年の女の子に声を掛けて、パパ活をさせているらしいんです」

それだけではない。その話に釣られたサラリーマンを、淫行で訴えると脅して金を巻き上げていると投書には認《したた》められていた。

「どうして和歌子さんの雑誌に告発したんだろ？」

これも常連のひとり、大手出版社の文芸部で部長を務める小林《こばやし》さんが疑問を挟んだ。

「ウチの雑誌が下世話な実話誌だからじゃないでしょうか。パパ活問題の特集も組んだりしていますから」

ただもうひとつの可能性も考えられる。

「投書はもちろん匿名でしたけど、パパ活でサラリーマンを脅迫している女性が、広告代理店勤務で、そのうえ……『あじろ』の常連客だと書かれていたんです」

パパとママが夫婦二人で営む『あじろ』には、多くのサラリーマンが常連客として通う。

皆、節度を弁《わきま》えた良客ばかりだ。

それにはわけがあって、騒いだりするとパパが怒鳴りつけるので、そんな客は常連にはならないのだ。

「ウッセェよ。クソ親爺」などと言われようものなら、カウンターを乗り越えて客に摑み掛かるパパなのだ。

「真由美ちゃんを名指ししていたわけではないですけど、広告代理店に勤める女性の常連客といえば、彼女しかないですよね」

「そうだよね、真由美ちゃんしかいないよね」と、ママ。

「真由美さんに限ってそんなこと信じられないですよ」

ガンちゃんが抗議する声で言った。

「だろう。だからオメェさんらに集まってもらったのよ。今夜ここにいる連中は真由美の取り巻きだったからな」

「取り巻きだなんて……」

全国ネットのテレビ局に勤める杉山《すぎやま》さんが苦笑した。苦笑はしたが、そう言われても仕方がないだろう。真由美ちゃんは『あじろ』のマドンナ的存在で、飲みに来ると男たちに囲まれる。まだ三十そこその年齢で、どこか男受けする資質を備えている女性なのだ。

一度ママに訊ねられたことがあった。

「どうしてあの娘ばかりがもてるんだろうねぇ。アタシには、和歌ちゃんの方が余程色っぽく思えるんだけどねえ」

「そこがいいんだと思いますよ」

「色気のないところがいいの？」

「今の三十代の男性は草食系が多いですから。特に『あじろ』の常連さんにはその傾向がありますね」

「そんなもんかねえ」と、ママは首を捻ったが、私だって少し悔しい気持ちはあった。熟女とはいえ、それなりの見た目ではないかと自信があったからだ。

今夜ここに集まった三人の常連の男性以外にも、真由美ちゃんの取り巻きはいる。

四十代後半と思われる杉山さんと小林さんを除けば、三十そこその男性たちだ。だから今の三十代の男性はと断りを入れたのだが、真由美ちゃんは中年や初老の男性にも人気があった。

ママが杉山さんと小林さんに声掛けしたのは、二人が中年だったことが理由だったのだろう。客観的な見方ができる二人ではないかと期待したに違いない。

ガンちゃんはドンピシャで私の言う三十代だが、他の三十代のお客さんらが杉山さんや小林さんと話をしている真由美ちゃんを敬遠するのに対し、ガンちゃんだけは、臆することもなく、その輪に溶け込める人間だった。

「ここ一週間ばかり真由美が来てねぇんだ」

嘆息交じりにパパが言った。

「重要なのは投稿した人間が『あじろ』の店名を書いていたということじゃないですか」

「そうです。私もそれが気になったんです」

小林さんの指摘に頷いた。

「どういうことなんだよ？」

パパが不思議そうな顔をした。

小林さんが私からパパに視線を移した。

「つまりここの店の客だという可能性があるということですよ」

「適当なこと言うんじゃねぇよ。ウチの客に限ってそんなことする奴がいるわけねぇじゃねぇか」

「ですから可能性と言っているじゃないですか」

パパに詰め寄られた小林さんが及び腰になった。

「私もその可能性を考えるべきだと思います」

小林さんを援護した。

「どういうことなんだよ」

パパは不満そうだが私にだけは強く言わない。語調が柔らかくなる。

「つまりはこういうことです。真由美ちゃんはこの店のマドンナでした。本気で好きになっていた男性もいるかも知れないでしょ？　男の人たちに取り囲まれている真由美ちゃんをやっかんで、そんな投書をした人間もいるかも知れないということですよ」

「それじゃ、コイツらも怪しいってわけか？」

言うなりパパがカウンターに並ぶ男性らを睨み付けた。

肘を突いていた男たちが一斉に直立してお互いを見詰め、それから両手のひらをイヤイヤと言わんばかりに胸元で振った。

「ガン、特に怪しいのはオメェだな」

パパがガンちゃんを名指しした。

「ど、どうして僕が怪しいんですかッ」

ガンちゃんがアタフタと動揺した。

「だってそうじゃねぇか。他の二人は社会的な地位も名誉もある。そんな下らねぇことでそれを棒には振らねぇだろう」

とんだ濡れ衣だ。

ガンちゃんだって役職にこそ就いてはいないが、日本を代表する家電メーカーの社員さんなのだ。

「パパ、早まらないでください。今夜は犯人探しをするために集まったんじゃないでしょ」

慌ててパパを宥めた。

「投書があったことを知って、私も心配になってママに電話しました。そしたらここ一週間ほど、真由美ちゃんが来てないって聞いて、心配になって、パパに話してこの人たちに今夜集まってもらったんですから」

先ずは真由美ちゃんに連絡して事情を訊くことが最優先だ。

この中の誰かだったら、連絡先を知っているのではないかと私は考えたのだ。

「オメェらの誰か、真由美の連絡先を知っている奴はいねぇのかよ。俺たち夫婦は連絡先どころか苗字も知らねぇんだ」

パパが問い掛けたが、全員が顔を見合わせてから首を横に振った。

「なんでぇ、使えねぇ野郎どもだな」

大袈裟にため息を吐《つ》いた。

「ゴメン。遅くなったよォ」

閉店で閉まっていたガラス戸が開いた。

入って来たのは『あじろ』の隣のビルでスナックを営む美雪《みゆき》ママだった。

今夜は赤で縁取った黒いチャイナドレスに身を包んでいる。大きく切れ込んだ胸元から覗く谷間が悩ましい。

美雪ママは中国福建省の生まれで、インターナショナル・スナックと銘打って、日本、中国、フィリピン、タイ、ベトナムなどの女の子を集めて営業している。隣のビルも含め、この界隈で三店舗を持っているやり手ママだ。スナックとは名ばかりでいちゃキャバだと『あじろ』の常連客から聞いたことがある。

三店舗を毎夜巡回していて、その合間に『あじろ』にも寄る。

売りにしているモツ煮込みを食べに寄るのだ。

露出度の高いドレスで飛び込んでくるのだから、たいていの客は一瞬箸を止める。口元まで運んだグラスも止めてしまう。

美雪ママはそんなことには頓着もしないし、『あじろ』でアルコールを飲むこともない。

「モツ煮込みはビールに合いますよ」

そんな風に勧めたこともあるが、「アルコールはお金をもらって飲むものだよ」と、断られた。美雪ママの店ではビールの小瓶一本が三千円だと鼻で嗤われた。

緊急事態宣言の折には店を閉めていたが、今では再開している。

「よぉ、来たね。残念ながらモツ煮込みは終わっているがな」

「アタシが呼んだんだよ。空いてる時間に来てくれってね」

ママがパパに言った。

「なんでだよ」

パパは不満げだ。

「この通りのことは、この人がいちばん知っていると思ってね」

「てやんでぇ、俺の方が詳しいのに決まってんだろ」

「通りの成り立ちに詳しいとかじゃないよ」

美雪ママの店の女の子達は通りを行き交う男たちを物色している。どうやって見分けるのか、カモになりそうだと思った男に声を掛ける。

それに応じて立ち止まった男の腕を引っ張るような真似までする。東京都の迷惑防止条例など気にもしない。腕を引っ張る役の女性もひとりや二人ではない。的にした男に群がるようにして、店に連れ込むのだ。

『あじろ』の常連客の何人かも、店を出た途端に取り囲まれ、連れ込まれる姿をガラス戸越しに何度か見たことがある。

聞けば連れ込みに成功したら、その客の売り上げの二割が供託され、月末に、女性達にキックバックされるらしい。そりゃ本気にもなるわと私は納得させられた。それと同時に、美雪ママの経営者としてのセンスの良さに感心した。私もこの通りのいちゃキャバでキャッチをしていたが、客を店に連れ込んでもバックはなかった。逆に店がヒマな時など、耳に挿したインカムで「真面目にやっているのか」などと催促されたくらいだ。

店にまったく客がいない状態を業界用語で『店《テン》カラ』と言う。「テンカラだよ。テンカラ。分かってんの?」などとインカムで嫌味も言われた。分かっていないはずがないではないか。キャッチをしている私は、常に店内のキャストの数と、お客の数を把握しているのだ。

「美雪ママんところの娘さんらに、ウチに出入りするお客さんで、真由美ちゃんにつきまとうような怪しげな人はいないか、聞いてもらったんだよ」

「なるほどね。で、どうだったんだい?」

パパに訊かれた美雪ママが即答した。

「スケベはいないって言ってたよ」

「あったりめぇじゃねえか。ウチの客に限って、そんなストーカー野郎はいねぇよ」

腕組みをしたパパが自慢げに胸を張った。

「そんなウチのお客さんをいの一番に疑ったのは、どこのどちら様でしたかね」

ママの嫌味にパパがバツの悪そうな顔をした。逆にカウンターの男たちは喜色満面に溢れている。

「それより景気はどうなんだよ」

話題を変えたいのがミエミエのパパが美雪ママに問い掛けた。

「ぜんぜんだよ」

天を仰いだ美雪さんが、緊急事態宣言で帰国していたキャストが日本に戻って来ないのだと嘆いた。これからはもっと厳しくなるだろうとも言った。コロナ禍に加え、在宅勤務で客が減り、そして円の価値が下がり、日本は稼げない国になったらしい。

さすが言うことが違うわと感心させられた。

「それじゃ、インターなんちゃらも看板に偽りありじゃねぇかよ」

「そんなことないよ。ワタシの知り合いに声を掛けて、中国から春子《はるこ》さんが来てくれたよ」

「春子さんって、あの春子さん？」

思わず問い返してしまった。

「そう、ベテランの春子さんね」

春子さんはベテランなんてもんじゃない。もう何回目の来日になるのだろう。

『スナック美雪』の店長をやっているリンさんに教えてもらったことがある。

リンさんは林《はやし》さんという名の日本人男性だ。でも店ではリンと名乗っている。

話によると、春子さんは高校生のお孫さんまでいる高齢者らしい。しかしスタイルが抜群に良く、その美貌と相俟って、二十八歳と自称し、店ではなかなかの売れっ子だと聞いた。肌も艶々している。私は通りでしか見たことはないが、二十八歳はさすがに無理だとしても、三十代後半と言われたら疑わないだろう。薄暗い店内で、しかも酒に酔っている男なら、コロリと騙されるのに違いない。

「そういや、フィリピンの娘も最近見掛けねぇな」

パパの言葉に美雪ママが反論する。

「ちょっと前にマリアという娘が入店したよ。まだ二十二歳のピチピチよ」

「そんな若ぇ娘さんが、フィリピンくんだりから出稼ぎにきたのかよ」

「だいたいそんなものよ」

「だいたいってどういうことなんだよ」

真由美ちゃんの話を置き去りにして二人の会話が続く。

私も常連の男性三人も置き去りだ。

「お母さんがフィリピン人でお父さんがスペイン人よ」

「ならハーフじゃねぇか」

スゲェな、とパパが感心した。

「そうだよ。日本で生まれて日本で育った娘だけどね」

「なるほど、だからだいたいか」

マリアは長く日本にいる母親が名付けた本名だが、日本育ちなのでお触りは苦手らしい。他にもフィリピーナはいるが彼女らは日本人と結婚している。全員がそこそこのオバサンだ。今の若手の主流キャストは全員日本人らしい。

「おいおい、そんな連中の情報、当てになるのかよ」

パパが呆れ顔でママに言った。

「けっこう毛だらけ猫灰だらけだよ。さっき自分の店の客にスケベはいないと言われて、鼻の穴膨らませたのはアンタじゃないか」

さすがに我慢できなかったようでママが言い返した。

浅草生まれで江戸っ子を気取るパパだが、ママだって浅草生まれだ。お父さんもお母さんもお祖父《じい》さんもお祖母《ばあ》さんも浅草生まれで、チャキチャキの江戸っ子なのだ。

カウンターの上で美雪ママの携帯が鳴動した。

「リンちゃんからだ」

誰にともなく呟いて携帯を耳に当てた。

「うん、分かった。すぐに行く」

短く応えてガンちゃん、小林さん、杉山さんの背中に抱き付いた。

胸を押し当てながら三人の耳元で「また来てね」と言って外に駆けだした。

「おいおい、どういう了見だ。また来てねってか、テメェら」

「誤解ですよ。行ったことなんてないですよ」

杉山さんが冷静な声で反論した。

「僕もないな。作家先生と銀座に行くのと『あじろ』で精一杯ですよ」

小林さんも文芸部の部長さんらしい反論をした。

自然にみんなの視線がガンちゃんに向けられる。

「僕は一度だけです。一度行ってえらい目に遭いましたから」

言わなくてもいい言い訳をしてしまった。

「ほう、どんな目に遭ったんだよ」と、パパ。

「最初は一時間二千円ぽっきりと言われて入ったんです」

その日、店はヒマだったらしい。三人の女の子が席に着いて、次から次へとドリンクを注文した。その分は別会計だと事前に聞かされてはいたが――

「とにかくよく飲むんです」

「女の子はなにを飲んだんだい?」

小林さんが質問した。

「ウイスキーの水割りです」

「それってウーロン茶を薄めた色付きの水だよ」と、私。

自分もキャッチとしていちゃキャバで働いていた私には分かる。パパもママも招集を掛けられた常連客らも私の前歴を知っている。

「ええ〜、そうなんですかぁ」

「で、いくらぼられたんだよ」

パパが訊く。

「三時間で七万円でした」

蚊の鳴くような声でガンちゃんが答える。

「制限時間の告知はなかったの？」

ガンちゃんに確かめた。

「ありましたけど……」

「ボーイさんが報せてくれたんでしょ」

「ええ、でも……」

言い掛けたガンちゃんを制した。

「みなまで言う必要はないわよ。時間を知らされて帰ろうとしたら女の子に引き留められたんでしょ。もうワンセットあったらいいことしてあげるとか」

「はい、よくご存じで」

「それってエンコーっていうやつ。援助交際じゃないわよ。延長交渉っていう意味の業界用語なの。店側としてはちゃんとセットの終わり時間を報せました。でも、お客様がご自身で延長を希望されましたってなるのよね」

「そうだったんですか」

落胆するガンちゃんの肩を軽く叩いてあげた。

「でも、それで七万円だったら、ぼったくりとは言えないわね。せいぜいがプチボッタってところね」

店によってはタケノコボッタをやられることもあると言った私の言葉に男たちが色めき立った。後学のため、その手口を教えてくれと小林さんに迫られた。

「出版に関わる人間として浮世のことに精通しておきたいんでね」

ワザとらしい理由まで言う。

「タケノコの皮を一枚、一枚剝ぐように、お金を取られるのでタケノコボッタと言われます」

仕方なく説明を始めた。

男たちだけでなく、パパまでが身を乗り出して耳を傾けている。

「一万円で胸を見せてあげる、追加一万円で揉ませてあげる、吸わせてあげる、シコシコしてあげる、なんて理由をつけて、まるでタケノコの皮を剝ぐように、次々に料金を上げていくんです」

「なるほどそれでタケノコボッタか」

杉山さんが興味深げに唸り声を上げた。

「勉強になりますね。テレビの人間としても現代に精通しておかなければなりませんからね」

小林さんと頷き合っている。

二人だけでなく、男たちは、パパも含めて、腕組みをしてウンウンと首を縦に振っている。

「ちょっとアンタら、今日は真由美ちゃんのことを相談するために集まったんだよ」

ママの叱咤する声に男たちがハッとした顔で我に戻った。

「そうだよ。オメェらちゃんとしろよッ」

自分のことを棚に上げてパパが忌々し気に吐き捨てた。

「すみません」

そんな話に巻き込んだことを悪く思って私は謝った。

「和歌ちゃんは悪くないよ。悪いのはこの宿六連中だよ」

ママが男たちを睨《ね》め回して言う。

「とりあえずアタシが気になるのは、真由美ちゃんが元気にしているのかってことだよ。トラブルに巻き込まれていないかっていうのも心配だね」

ママの言葉に小林さんが提案した。

「お互いに知っている情報を交換しましょうか」

「ガン、オメェからだ」

パパはあくまでこの場を仕切りたいようだ。

「えーと。真由美さんは誰の話でもちゃんと聞いてくれる人で、赤い縁の眼鏡をかけているインテリで、笑顔が素敵で、ビジネススーツで、靴は上品なパンプスで……、ボブヘアで……、歯並びが良くて……、ナチュラルメイクで……、僕、屈託のない笑い声が好きです」

「てやんでぇ。そんな誰でも知ってる話を聞いているんじゃねぇよ」

パパが一喝した。

真由美ちゃんは花にたとえるなら向日葵のようだったな、と思い浮かべた。けっして華美ではないのだが、弾けるような明るさがあり、誰もがホンワカとした気持ちにさせられるキャラクターだった。花屋の店先に並ぶような花ではなく、野辺に咲いていて、見た人が立ち止まる魅力を持っていた。

「もっと特別な話はねぇのかよ」

「特別かどうかは分かりませんが、真由美さんが『あじろ』に顔を出すのは、だいたい八時過ぎでしたよね」

「ったくオメェは表六玉だ。それも全員が知ってることじゃねぇか」

「ちょっと待って下さい」

パパの言葉に割り込んだ。

「それってヒントになるかも知れません」

「ヒントになるの？」パパが余計なことを言う前にママが私に訊ねた。

「ええ、真由美ちゃんが『あじろ』に来る時はほんのり頬を紅色に染めていました」

「そうだったわね」

ママが真由美ちゃんの顔を思い出す素振りをした。

「ガンちゃんの言うとおり、真由美ちゃんはナチュラルメイクでしたけど、頬がほんのりと紅色でした。頬紅の紅ではありません。内側から輝くような紅色をしていました」

それがまた、真由美ちゃんの陽気さと相俟って、男たちを魅了していたとも思えるのだが、あの紅色は、間違いなくアルコールによる紅色だったように思い出される。

「あの時間に頬を紅色に染めているということは、どこかでお酒を飲んでいたということではないでしょうか」

「なるほどね。女性ならではの気付きだよ。和歌ちゃん」

男たちが聞き流しているので、ママが誉めてくれた。

「この店の開店は午後四時です。会社勤めをしている人には、ちょっと早い時間です。ただ五時を過ぎると、たちまち満席になる人気店です」

「それがいったん収まるのが八時頃だね」と、ママ。

そう、『あじろ』は『二軒目の客』が多い店なのだ。

「ですからその時間帯を避けて、真由美ちゃんは他の店で一杯ひっかけてから、『あじろ』に来ていたと考えてもいいのではないかと思います」

パパが顔を曇らせた。『あじろ』のマドンナである真由美ちゃんが、自分の店以外に馴染みの店があったかも知れないというのが気に喰わないのだろう。

「私はこの界隈の人気店に顔が利きます。『あじろ』ほどではないですけど、人気の店が他にもあります」

「テメェ、他の店にも浮気していたのかよ」

「そうじゃないですよ。以前この通りで働いていた時に、お客様から同伴を誘われたことがありましたから」

自分でも、ちょっと苦しい言い訳に思えた。

私はキャッチをしていたので、同伴に誘われることはなかった。実はパパやママにも隠している前歴が私にはあるのだ。私はキャッチをしていた店でキャストをしていたこともある。キャッチをする前はいちゃいちゃサービスをしていたのだ。

構わずに続けた。

「今のガンちゃんの言葉がヒントになりました。私が知っている店を当たってみます。誰かが真由美ちゃんのことを知っているかも知れませんからね」

「そうかい。それじゃぁ、そっちは和歌ちゃんに任せるとしようかね。それでいいよね、アンタ」

ママがパパに確認した。

「おう、いいんじゃねぇか」

納得していない風だった。

「僕は局のネットワークを使って広告代理店を調べてみますよ。中堅の広告代理店に勤めていたとのことでしたが、そこそこの規模であったら、テレビのＣＭとも関係があった可能性がゼロとはいえないでしょうからね」

杉山さんが胸を張った。

「おお、それは心強いね」

パパが手を打たんばかりに喜んだ。

「ウチだって、文芸誌以外に週刊誌や漫画誌も抱える会社です。それらに広告を出稿している会社を調べさせますよ」

「さすがだ。二人の言うことはスケールがでかいや」

そうかしら？

私は首を傾げた。

真由美ちゃんが勤めていた会社の名前さえ分からないのだ。姓も分からない。私にとっては、ガンちゃんの見立ての方が、余程頼りに思えるんだけど。

「よし、それじゃ、今夜のところはこれくらいにしておこう。今夜は二千円ぽっきりにしといてやるよ」

もともと客単価が三千円を超えることなどめったにない『あじろ』なのだ。胸を張って言うほどのことではないだろう。それでも私たちはパパに礼を言い、各自飲み物を一杯と火を使わないおツマミを一品注文して、その日はお開きとなった。

二回目の会合に決められたのは次の週の金曜日だった。

その日も閉店後に集まると決めたのはパパで、それは『あじろ』の定休日が土日祝日だという理由からだろう。パパはママより二時間も早く出て仕込みをする。

その夜、有益と思える情報を持って来た人物はいなかった。ガンちゃんに期待はしていなかったが、パパがさすがと称賛した出版社の小林さんからも、テレビ局に勤める杉山さんからも、真由美ちゃんの情報は得られなかった。

「中堅の広告代理店といっても数が多いので……」

「せめて姓でも分かれば……」

私が懸念したことを、口を揃えて言うばかりだった。

「真由美ちゃんが通っていた店をここ以外に三軒見つけました」

私の言葉に男たちがどよめいた。

その三軒というのは、この界隈だが、『あじろ』とは別の裏通りにある店だった。どの店も誰もが名前くらいは知っているそこそこの有名店で、営業形態は『あじろ』と同じ立ち飲み屋だった。

「三軒それぞれで、真由美ちゃんが語っていた職業は違うものでした」

「いったいぜんたい、そりゃあどういう了見なんだよ」

自分の店以外に、真由美ちゃんが通っていた店があったと知ってパパが不機嫌さを丸出しにした。

「そのところは私には分からないんですけど、あえて言えば――」

「おう、言ってみやがれ」

喧嘩腰だ。

「あえて言えば客層が微妙に違うんですよね」

「どう違うんだよ」

新橋の客は全員が自分の店の客とでも思っているのかしら――

客層に合わせて雰囲気が違う店があったとしても不思議ではないではないか。

「一軒目はここと似た感じのお店でした」

雰囲気は似ているが、売りにしているツマミが違った。

魚介類がメインで、特にマグロのブツと牡蠣の田楽が絶品と評されている店だ。『あじろ』の売りはモツ煮込みと焼き鳥だ。

「フン、気取りやがって」

パパが鼻を鳴らしたのも頷ける。

実はこの店も『あじろ』という店名から、魚介類をメインにしている店と勘違いされることがある。網代《あじろ》という名の勘違いだ。

勘違いしたお客さんに教えてもらったのだが、もともと網代とは、竹などで編んだ定置網を意味する言葉だったらしい。そこから意味が転じ、魚が集まる場所も網代と言われることがあると教えられた。

「ウチはそんな気取った店じゃねぇんだ。味の路、すなわち『あじろ』よ」

鼻の穴を膨らませてパパが言ったが、網代と味路、どっちが気取っているのだろうとあの時私は考え込んでしまった。

「そこではフードライターと名乗っていたそうです。ＳＤＧｓの観点から飲食店のあり方やメニューなんかについて書いているらしいとかで」

「なんでえ。そのエスなんちゃらってぇのは？」

「持続可能な社会を作ろうって運動ですよ。ウチの週刊誌でも時々特集していますね」

私の代わりに答えたのは小林さんだった。

「レジ袋とかが有料になりましたよね。あれもＳＤＧｓの一環ですよ。ウチのテレビでも特番が組まれることがあります」

杉山さんが補足した。

「そのお店でも真由美ちゃんはマドンナ的な存在だったそうです。ただし『あじろ』のような立ち飲みテーブルはないので、カウンターの奥で二、三人で固まっていつも男性らと盛り上がっていたそうです。そのお店も人気店で、開店と同時に行かないとカウンター奥が確保できないので、彼女はいつも口開けのお客さんだったそうです」

「俺っちは真由美が来たら奥のテーブルにいる客を移動させていたけどな」と、パパ。

どこまでも対抗するつもりらしい。

「そのお店も真由美ちゃんが来た時には、奥の席に案内して、隣の二席は真由美ちゃん目当ての常連さん用に空けていたそうです」

私の言い様にパパが再び不機嫌になった。

「二席かよ。ケチな店だぜ。ウチならテーブル周りに六人は集まれるけどな」

どうでもいい自慢をした。

実際それくらい集まることもあったが、もともとテーブル席は四人用で、真由美ちゃんを目当てに六人も集まってしまうと、奥のトイレに行く通路が塞がれてしまう。押し合いへし合いする店内で、迷惑な集まりだったに違いない。

「次の店は馬肉が売りのお店でした」

そこで彼女は熊本の生まれだと称していた。父親の仕事の都合で幼少の頃に東京に移り住み、地元の記憶はほとんどない。しかし流れている血は火の国の女の血だと嘯《うそぶ》いていた。

「その馬肉の店でも人気者だったのかよ？」

「ええ、どちらかと言えば若い人向きのお店で、店頭にビールケースをひっくり返して板を置いたテーブル席がありますす。それを指定席にしていたみたいです」

「板の上に座ったんじゃケツが堪らんだろ」

「一応、座布団をヒモで縛り付けていましたね」

「ケチな真似しやがって」

「で、そこでも違う職業を？」

パパのやっかみを無視したママに質問された。

「そのお店では、劇団のスタッフとして、舞台俳優のヘアメイクをしていると言っていたそうです」

「劇団名は分かるの？　分かれば調べようもあるかと思うんだけど」

テレビマンの杉山さんの質問に私は首を横に振った。

「名もない劇団とだけしか……」

「なるほどね。小劇団のスタッフか。いかにも若い連中に受けそうな設定だ」

杉山さんが納得顔で頷いた。

「でも、どうなんでしょ……」

「なんか怪しいところでもあるのかよ？」

不機嫌なままのパパに訊かれた。

「だって彼女、その店でチケットを売ったことがないらしいんです。小劇団なら、スタッフにもチケットのノルマがあるんじゃないですか?」

杉山さんに問い掛けてみた。

「そうだね。俳優だけじゃなく、スタッフにもノルマはあるだろうな」

「ということはそっちの線からの割り出しもできないってことか」

嘆息したのは小林さんだった。

「三軒目は、もっと若い層、というか店員さんも若い二十歳過ぎのお店でした」

「ガキの店ってことなんだな。ウチには来ねえ連中相手か」と、パパ。

コロナ禍以降、新橋の客層も様変わりしている。以前は中年以上のサラリーマンが利用する街だったが、コロナの影響で若い人が増えた。その理由として考えられるのは価格設定の安さだろう。

今の若い子らは貧しい子が多い。私だって人のことを言えた義理ではないが、今の子らは契約社員とか派遣社員とやらが多いようで、まともな――どれがまともか分からないけど、要するに正社員になることも難しい世の中だ。

他にも考えられるのは、緊急事態宣言下でも、新橋には営業している店がそこそこあったことだろう。若い子らはコロナに感染しても重症化しないという風評があり、そんな子らが新橋に流れて来たのではないか。

「そこは『あじろ』より少し広いくらいのお店で、立ち飲みテーブルもいくつかあります」

「テーブルがあの娘の居場所だったんだね」

ママが話の先を催促した。

「ええ、やっぱり何人かに取り囲まれて、楽しそうに飲んでいたそうです」

「で、そこではなんて騙っていたんだよ」と、パパ。

「ウェブデザイナーを自称していたようです」

「なるほどね。そりゃますます若者受けするわ。ＩＴ関連職種は今の若い連中が憧憬する仕事だからな」

「だよね」

杉山さんの言葉に小林さんが同意した。

「そうなのか?」

パパがガンちゃんに確認する。

「いえ、僕は……」

ガンちゃんが口籠ってしまった。

「一応ガンちゃんは、曲がりなりにも大手家電メーカーの正社員さんなんですよ。そんな曖昧な憧憬は抱かないでしょ」

小林さんのフォローにガンちゃんが「えへへ」と照れた。

曲がりなりは余分じゃない？

小林さんを睨んでやった。

「どうやらその三軒をはしごして、最後に真由美ちゃんが訪れるのが『あじろ』だったようなんです」

私の言葉に皆が納得した。

「よくそこまで調べられたね」

労いの言葉をママが掛けてくれた。

「さすが元夜の女だね」

夜の女——

小林さんが見下した言い方をした。

それに他の男連中が頷いている。デリカシーの欠片もないわ、と私は呆れるしかなかった。

「私たち、真由美ちゃんを見誤っていたのかも知れませんね」

私のしみじみとした口調に反応したのは小林さんだった。

「そうだね。謎の女だね」

「謎の女か——ますます魅力的に思えるな」と、杉山さん。

「だろ。前々から掴み所のない人だとは感じていたけど、それが彼女の魅力だったともいえるんじゃないかな」

小林さんが持論を押し通す。

「そうさなぁ」

パパまでが感慨深げに同意している。

アンタらどこまで馬鹿なの？

思わず口を衝いて出そうになった言葉を呑み込んだ。だって、真由美ちゃんは嘘を吐いていろんな顔を使い分けて飲んでいたんじゃない。

社交的——

そんな言葉が浮かんで納得した。

男たちにちやほやされることが目的だったんじゃなくて、飲みながらワイワイ騒ぐことが好きだったんだ。それなら納得できる。

真由美ちゃんは善良な娘だった。男に強請《ねだ》ることもなかった。そりゃあ「これ美味しいよ」と勧められ、他の客のツマミに箸を伸ばすことはあったが、アルコールを奢ってもらうようなことはしなかった。

「僕も時々、他の店で飲んでいる真由美さんを見掛けて――」

ガンちゃんがとんでもないことを口走った。

「いつも男の人たちに囲まれていたんで、もてる人はどこに行ってももてるんだなって」

ウットリした目を宙に浮かべているガンちゃんは、周囲の男たちの空気が硬くなっているのに気付いていない。

「やいガンの字、なんで知ってて黙っていやがったんだッ」

パパが怒鳴り声を上げた。

「いや、別に隠していたわけでは……」

「真由美ちゃんの情報を独り占めしようとしたのは感心しないね」

小林さんがガンちゃんを睨み付けた。

「紳士協定違反だな」

杉山さんも責める眼でガンちゃんを睨んでいる。

「なんだよ、アンタら。ガンちゃんに八つ当たりするんじゃないよッ」

ママが忌々し気に言った。

「どういう意味ですか？」

小林さんが驚いた顔をママに向けた。

「悔しいんだろッ。自分たちだけが真由美ちゃんの相手をしていると思っていたのに、他でも同じようにしていた男たちがいて、しかも嘘まで吐かれて、アンタら悔しいんだろッ。そんなのどうでもいいけど、ガンちゃんに八つ当たりするこたぁないじゃないかッ」

「八つ当たりだなんて心外だなぁ」

杉山さんが薄笑いを浮かべた。

余裕を見せているつもりかも知れないが、どうやらママの指摘は図星だったようだ。

一方パパはというと、折り畳み椅子に座って小さくなったままなにも言わない。

そうだよね、パパ——

滅多にないけど、ママが切れた時の怖さはパパがいちばん知っているもんね。

「問題は真由美ちゃんが他の店でも常連だったのに、ウチの雑誌に寄せられた投書が、どうして『あじろ』だけを名指ししていたのかということです」

場を立て直そうと発言した。

「その理由としては二つのことが考えられます」

男たちは間抜け顔で私の講釈に聞き入っている。

「ひとつ目は投書主がこの店の常連客だったということです。そしてもうひとつは、その人物が真由美ちゃんのストーカーで、別の店で飲んでいる真由美ちゃんに目を付けて尾行し、『あじろ』を知ったということです。私は後者の可能性の方が高いと考えます」

他の店の常連だったら『あじろ』を名指しすることで、自分が投書主であることが露見することを避けたのではないか、と付け加えた。

「パパ活をネタに恐喝紛いのことをしているという投書に対して、それがガセネタであるかどうかは別にして、もし記事にするなら、必ず『あじろ』に裏取りの取材が入ります。そうすることで、彼女が『あじろ』に出入りしにくい空気を作ることが目的だったとも考えられるのではないでしょうか。要するにストーカーの嫌がらせですよ」

私の熱弁に男たちが考え込んだ。

「それはさて置くとして、私がいちばん懸念しているのは真由美ちゃんが、なんらかの災厄に見舞われているのではないかということです」

「災厄だぁ？」

その言葉に反応したパパがおずおずと訊ねた。

「つまりこの店まで尾行した人物をストーカーとした場合、もっと苛烈なストーキング行為がなされた可能性も否定できないということです」

「そらぁ放っておけることじゃねぇな」

パパが折り畳み椅子から立ち上がった。

「よし分かったッ」

決意のこもる声で言った。

「和歌子、俺をその三軒の店に案内しな。常連とやらを締め上げて、洗い浚《ざら》い吐かせてやるからよ」

「アンタ、バカ言ってんじゃないよッ」

ママの口調が荒くなった。

「誰がバカなんだよ」

「他人様の店に行ってそこのお客さんを締め上げるのはバカだとは思わないのかね」

「ああ、思わないね」

パパが腕組みをして吠えた。

「俺っちの真由美に手を出しやがって、そんな野郎を野放しにする方がよっぽどバカじゃねえか。いいか、真由美に手を出したってぇことは、俺に喧嘩を売ったも同然なんだぞ」

「僕も付き合いますよ」と、小林さん。

「僕だって黙っちゃいられませんよ」と、杉山さん。

どうしたものか、バカが三人揃っちゃったよ。呆れたままのママの顔がそう語っている。

「ちょっと待って下さい」

情報提供者としての責任を感じて制した。

「その役割は私に任せてもらえませんか」

「和歌子、オメェに任せるってどういうことなんだよ。荒事は男の役割なんだから、ここから先は俺らの出番じゃねぇのかよッ」

「ですから荒事にしないためにも任せて欲しいんです。私はどの店の店主とも顔見知りです。だからそれとなく、真由美ちゃんと交流があった常連客を割り出せます」

冷静な言葉でパパを宥めた。

「そのうえで、最近お店から足が遠のいている人がいないか訊き出します。もし真由美ちゃんが被害に遭っているのなら、その人物の足も遠のいているはずです」

「なるほどね」と、小林さん。

「それも一理あるな」と、杉山さん。

どうやらこの二人はパパの勢いに乗っただけだったようだ。

ママも二人の反応に寂しげな顔をしている。

それなりの分別もあるはずの二人が『あじろ』のために立ち上がってくれることに、ママは胸をときめかせていたのかも知れない。本当は短気なママの気性を思えば、男たちと一緒になって殴り込んでやろうと考えていたとしても不思議ではない。

「それにストーカーかも知れないというのは、私の考えた可能性のひとつに過ぎません。それをもとに動き出すのは、適切な対応だとも思えません」

「もうひとつ可能性があるんじゃないでしょうか」

いつものようにおずおずと口を挟んだのはガンちゃんだった。

「なんでぇ、言ってみろよガンの字」と、パパ。

「このお店の常連はだいたいが人生勝ち組の人です」

パパが気の強い人なので、ウジウジする人間は近付きにくい、と言葉を選んで言った。

確かにそうだね――

気性が激しく、機嫌の良し悪しが極端なパパだ。その反面、トイレに行こうとした馴染みの客にジャンケンを挑み、勝たないと店のトイレを使わせてやらないという面倒臭い一面もある。そんなパパに付き合えるのは、ある程度気持ちに余裕のある人に限られる。即ち、それなりに自信のある人たちに限られるということだ。

「でも全部が全部、そういう人たちだとは限りません。なんせ『あじろ』はこの界隈でも良心的な値段で営業しているお店ですから」

それも言える――

「この店で真由美ちゃんの周囲に集まるのは、どちらかと言えば人生勝ち組の人たちでした」

「だからどうしたって言いてぇんだよッ。どうもオメェの話はまどろっこしいや。もっとシャキシャキ話せねぇもんかねぇ」

「で、ですから……」

パパにクンロクを入れられたガンちゃんのコメカミに汗が浮かんだ。

「そんな僕たちに囲まれている真由美さんではなく、囲んでいる人たちを僻《ひが》んだ人間の仕業とも考えられるのではないかと……」

「だからウチの客が怪しいとでも言いてぇのかッ」

「いえ、ですから……」

ガンちゃんにしては珍しく、パパに対抗するつもりのようだ。

「和歌子さんが言うように、パパ活は作り話で、単純に、真由美さんを、この店に通わせないことだけが目的の投書だったのではないかと……」

それはあるかも——

ボンヤリとそう考えた。

ガンちゃんも人生勝ち組のひとりだろうが、真由美ちゃんを囲む人らと比べたら、どうしても見劣りしてしまう。その人たちのお代わりのグラスを交換したり、灰皿やお皿を片付けたりするのがガンちゃんの主な役割だった。

「そうね、それも考慮に入れるべきかもね」

素直にママがガンちゃんに賛同した。

「でもだったら、余計に他店の常連の中からストーカーを焙り出す必要があるんじゃないかしらね？　だってこの店の人たちで真由美ちゃんを取り囲む人たちは、ガンちゃんにしろ、小林さん、杉山さんにしろ、高そうなスーツを着ているもん」

冷静な声で言った。

とりあえず、一軒目の魚介の店も、『あじろ』と同様にそれなりに人生勝ち組の人が多いから、先ずは若者が多い、二軒目、三軒目の店に当たりを付けてみると私は答えた。

「そうだなぁ」

「とりあえずそれしかないなぁ」

「そうですよね。『あじろ』の常連さんを疑うより、他の店を当たるのが先ですよね」

小林さんと杉山さんが同意し、ガンちゃんもそれに従った。

殴り込みの味方を失ったパパが忌々し気に言った。

「とりあえず、和歌子に頼るしかなさそうだな」

結局のところ、次の金曜日までに私が再度調べることになって、その日の集まりは散会となった。

真由美ちゃんが『あじろ』に顔を出さなくなって一か月近くが経った。毎晩のように通っていた娘なのに、これは異常事態と言わざるを得ない。

転勤、転居、もしかして結婚ということも考えられるが、そのどれであったとしても、ひと言の挨拶もなく来なくなるような娘ではない。

前回と同じメンバーが閉店後の『あじろ』に揃った。

「調べているうちに、とんでもないことが分かりました」

私の開口一番のセリフがそれだった。

「なんでぇ。そのとんでもねぇことっつぅのは」

せっかちを隠さず、その日も折り畳み椅子に座ったパパが問う。

「真由美ちゃんは私たちの知る広告代理店の社員でもなく、ましてやフードライターでも、劇団のヘアメイクでもなく、ウェブデザイナーでもなかった可能性があります。いえ、むしろすべて偽りだったと考えられます」

全否定する私の言葉に男たち全員が啞然とした。さすがのパパも言葉が出ないようだ。男たちだけでなく、ママまで混乱を隠せない。

「実はもう一軒、真由美ちゃんが通っていたお店があったんです」

そこの経営者がもうすぐ『あじろ』を訪れることを告げた。

「話はその人から聞いて下さい。私がお話しするより正確な情報が得られると思いますので」

そのまま私が押し黙ってしまったので、ママも含め、他の男たちも手持ち無沙汰になってしまった。

「いつものもらおうかな」

杉山さんの言葉に他の全員が従った。

パパとママにも、杉山さんがビールを勧めた。

誰も具体的になにが欲しいとは言わない。

杉山さんと小林さんはレモンハイ、私はライムハイだ。ガンちゃんは生ビールのジョッキと決まっている。

一杯目を飲み干し、めいめいが二杯目を注文したところで、待ち人が『あじろ』を訪れた。

その人物に、私を除く全員が目を丸くした。

「なんで美雪ママが――」

ガンちゃんが絶句した。

その日の美雪ママは青色のチャイナドレス姿だった。

ただ青色というのではない。

ラメでも織り込まれているのだろう、動きに合わせ、キラキラと控えめに輝くドレスだ。

「真由美ちゃんは『あじろ』で飲み終わってから、美雪ママの店に通っていました」

「アイツ、五軒もはしごしていやがったのかよッ」

「飲みに来ていたんじゃないよ。ま、飲んではいたけど、客としてではなく、キャストとして勤めていたんだよ」

悪びれる風もなく美雪ママが言った。

「真由美ちゃんが隣のビルのスナックで働いていたってことなの？」

ママが意外そうに訊ねた。

そりゃそうだろう。真由美ちゃんは地味めな女の子で、スナック勤めしていたというのがピンとこないのだろう。私だって最初は耳を疑ったくらいだ。

「隣のビルの『スナック美雪』じゃないよ。この先のビルの地下にある『クラブM』でチーママをしてもらっていたんだよ」

「クラブのチーママって柄じゃないと思うけどな」

銀座界隈のクラブで遊んでいるだろうと思える小林さんが苦笑した。

「だよね。ちょっとイメージしにくいよね」

同じく銀座のクラブを知っていそうな杉山さんが同意した。

「アナタたちの目が節穴なんだよ。ちゃんとしたドレスを着て化粧をすれば見違える娘だよ。見た目だけでもナンバーワンになれる娘だけど、そのうえ会話も上手だし、お客さんのタッチも嫌がらないしね」

美雪ママが自慢気に言う。

「で、『クラブM』では午前五時の閉店まで勤務していたそうなんです」

私が言い添えた。

「お客がいればだけどね」

私の言葉に美雪ママが注釈をつける。

「おいおい、それって風営法違反じゃね？」

「ですよね。深夜の時間帯に隣に座って接客するのは禁じられているはずですが……」

杉山さんの指摘に私は同意した。心からの同意ではない。私も深夜の店で働いていた経験があるのだから、カラクリくらいは容易に想像できた。

「アンタまでなに言ってるのよ。経験者でしょ」

美雪ママが私に笑い掛けた。

「シキテンがいるってことですか？」

「そう、カウンター越しの接客で、深夜営業でも違法にならないガールズバーの娘らにシキテンさせているの。もちろん店のドアには鍵を掛けているよ」

「シキテンって、なんですか？」

初心なガンちゃんが質問した。

「見張りっていう意味なの。それらしい人が店内に入り掛けたらインカムで報せるのよ」

「それらしき人ですか？」

「つまりは警察関係者ということだよ」

ガンちゃんの世間知らずぶりに呆れ顔で小林さんが苛ついた。

「ま、『クラブM』は地下の独立店舗だからシキテンもしやすいでしょうね」

「でしょ。さすが和歌子ちゃん、分かっているね」

本当は私をチーママとして雇いたかったのだと美雪ママが残念がった。ずっと以前からしつこく誘われている。それがあって美雪ママやリンさんとも顔見知りなのだ。

「それはともかくとして」

話題を戻した。

「さきほど美雪ママは、お客がいればと言いましたけど、支配人のリンさんのお話では、真由美ちゃんはほぼ毎日、午前五時まで働いていたそうです」

「いつ頃からだい」

「リンさんからは二年くらい前からだと聞きました」

美雪ママが口を噤《つぐ》んでいるので私が答えた。

「リンの奴、お喋りで困るよ」

美雪ママが顔を赤くして怒っている。昔から瞬間湯沸かし器なのは変わっていない。

「真由美ちゃんが親しくしていた常連客に心当たりはないですか?」

「知らないよ。知っていても、お客の情報を私が言うわけがないってことくらい、アンタなら分かるでしょ」

美雪ママに食って掛かられた。

「ですよね」

話の接ぎ穂に困った私は皆に言った。

「ということは、昼職には就いていなかったと考える方が自然だと思えます」

「だよね。毎日夕方から飲み歩いて、朝の五時まで働いていたんじゃ、昼間の仕事なんて無理に決まっているよね」

小林さんが暗い顔をして言った。どうやら真由美ちゃんが深夜のクラブで接客をしていたことに、かなりのショックを受けているようだ。

「で、その『クラブM』とやらも欠勤しているのかい?」

ママの問い掛けに、美雪ママが深いため息を吐いた。

「そうよ。一か月くらい前から無断欠勤で困っているのよ。ねえ、和歌子、アンタがチーママやってくれない？」

「前にもお断りしましたけど、息子がナイーブな年頃なので深夜の仕事は無理です」

美雪ママの誘いを躱《かわ》した。

リンさんから聞いたことですけど、と断って言った。

「問題はその『クラブM』で、真由美ちゃんが、若い娘を助けてくれないかと客に持ち掛けていたそうなんです」

「やっぱり『クラブM』とやらで、真由美ちゃんはパパ活の仲介をやっていたってことか」

杉山さんが悲痛な顔で言った。

「ねぇ、私、ヒマじゃないんだけど」

美雪ママが不貞腐れ顔で言った。

「あ、もういいです。お忙しいところありがとうございました」

私は頭を下げた。

「チーママの件、考えといてね」

美雪ママが踵《きびす》を返した。

「リンの野郎、懲らしめてやらなきゃ」

独り言を残して『あじろ』を後にした。

「さて、どうしたものかねぇ」

美雪ママが去った後に黙りこくっていた皆にパパが問い掛けた。

「真由美ちゃんがパパ活の仲介を持ち掛けた相手というか、常連客は分からないんだよね？」

小林さんが私に訊ねた。

「リンさんは分からないそうです。もともとリンさんは『スナック美雪』の店長で、それが終わった深夜に、『クラブM』に支配人として応援に行っていたそうです。毎日行っていたわけでもないですし、美雪ママならもしかしてと考えて今夜声を掛けたんですけど、さっきの様子では無理そうですね」

「無理そうだね」

小林さんが同意して、また全員が黙り込んだ。

「私は『クラブM』以外、他の三軒のお店も引き続き調べてみました」

「なんか成果はあったの？　僕は『クラブM』の客が告発の一択に思えるけどね」

諦め口調で杉山さんが質問した。

「その言い方失礼じゃない？　和歌ちゃんだって昼間の仕事しているんだよ。その上で、いろいろ調べてくれているんじゃない。アンタらはなにもしないでここに飲みに来ているだけでしょ。ちっとは彼女の苦労も想像しなよッ」

「そうだ、そうだ。和歌子は『あじろ』に飲みにも来ないで、この界隈をうろついていたんだぞ。それを思えば、少しは感謝の気持ちがあってもいいだろうがッ」

お調子者のパパがママの尻馬に乗って言う。

「よしッ、和歌子ッ、今夜は存分に飲んでいいぞ。勘定は全部コイツらに付けといてやるからよぉ。ライムハイ、もう一杯どうだッ」

パパの言葉に誰も文句は言わない。

それはそうだろう。ライムハイ一杯が三百円の『あじろ』なのだ。三人で頭割りしたら大した金額にはならない。むしろ私には「うろついていた」と言ったパパの言葉が癇に障ったくらいだ。場の空気を乱さないよう、さっき頼んだばかりのライムハイを飲み干した。

「それじゃ、同じものを頂きます」

カウンター越しに空になったグラスをママに差し出した。

「あいよ」

ママが景気良く返事して、そのグラスにライムハイを作って差し出してくれた。半分くらい飲んで唇を拭った。酔わないとやってられない気持ちになっていた。

「で、さっき言い掛けた他の店についてですが、こちらでも気になる話がありました」

「どんな話なんだい？」

すっかりやる気を失っている男たちに代わって、ママが話の先を促してくれた。

男たちは、自分らがマドンナと思っていた真由美ちゃんが、深夜の接客をする店で働いていたことがショックだったんだろう。そんな連中に気遣いなどする必要はない。

「前回のお話の三軒目のお店で――」

「若い店員さんがいて、客も若い子ばかりという店だね」

「そうです。そのお店で、真由美ちゃんは若いお客さんにあれこれ聞き込んでいたそうです」

「というと？」

「父親の仕事先とか、彼女はいるのかとか」

「そういうことね」

膝を打ったママにパパが訊ねた。

「どういうことだよ？」

「アンタも鈍いね。真由美ちゃんが稼ぐためには若い娘にパパ活をさせるだけの必要はないんだよ。淫行は警察沙汰だろ。それは困る、できれば金で解決しようと考える親を持つ若い男を探していたんじゃないか」

「そうなんです。淫行の場合でも示談が成立すれば不起訴になりますから」

私が言って杉山さんが同調する。

「息子を前科者にしたくないって、金のある親なら示談金を払うよね」

「ちょっといいですか」

小林さんが割り込んできた。

「確か投書は、家出している未成年を紹介しているって話じゃなかったでしたっけ？　確かに淫行の示談は被害者本人ではなく、その保護者と和解する必要があります。家出娘の保護者との和解ってなんかピンときませんけど」

知ったかぶりに言った。

「家出にもいろいろあります」

小林さんの言葉に私は反論した。

いつも控えめにしていたけど、その夜はイライラしていた。

「プチ家出というのも珍しくない時代です。そのような娘は一夜の宿を求めて援助交際をすることもあります。そんな女の子らをエサにしていたという可能性もあります」

真由美ちゃんを責めているのではない。数少ない女性の常連客として仲の良い私たちだった。真由美ちゃんの不在に、いちばん心を痛めているのは私かも知れないのだ。

「なんだかなぁ、どうでもいい気になってきたなぁ」

小林さんが間延びした声で言った。

「結局のところ、真由美ちゃんはパパ活を斡旋していたのか、家出娘の援助交際をネタに恐喝していたのかも分からないんでしょ。で、確実に分かっていることは、真由美ちゃんが昼の仕事はしていなくって、深夜の怪しげなクラブで接客していたということだけじゃないですか」

「ですよねぇ。僕も同じですよ。なんだかどうでもよくなりましたよ」

杉山さんも同意した。

パパもガンちゃんもなにも言わない。

どうやら男どもは、真由美ちゃんが深夜の店で接客していたということにショックを受け、さらにパパ活疑惑が怪しくなっていたことに腑抜けているようだ。

堕ちた偶像ってことなの——

言うだけ無駄だと思った。

それが男っていう生き物だろうと諦めた。

女に処女性を求めるのが男の常だ。まさか三十路を越えている真由美ちゃんが処女だとは思っていなかっただろうが、私が高校生の頃、アイドルは排便もしないと本気で考えていたアホウな男子生徒もいたくらいだ。

ただ私にとっては、パパまで落ち込んでいるのがショックだった。

真由美ちゃんの正体が見抜けなかった自分を責めているんだよね――

胸のうちでパパに語り掛けた。

真由美ちゃんが深夜の店で接客をしていたくらいで、がっかりするようなパパではない。むしろ恐喝疑惑まで浮上して、そうせざるを得なかった真由美ちゃんの身の上に想いを馳せているのだろう。

どうして自分は相談に乗ってやれなかったのか――

そんな己自身を責めているのに違いないのだ。

「ともかく、このまま真由美のことを放っておくわけにもいかねぇだろう」

パパが折り畳み椅子から立ち上がって宣言した。

そうこなくっちゃ！

「テメェら、手持ちの金から一万円出しなッ」

「なんですか、それ？」

杉山さんが怪訝な顔をした。

「和歌ちゃんの分のお勘定としては多過ぎやしませんか？」

小林さんも疑問を口にする。

「察しの悪い人らだねぇ。カンパだよ、カンパ！」

パパの気持ちを察した風のママが声を張り上げた。

「カンパって？」

ガンちゃんが腑抜け顔のままで問い掛ける。

「アタシは賛同するよ」

ママが店の手提げ金庫から一万円を二枚抜き出し、これ見よがしに私に差し出した。

「え、なんですか、このお金？」

「さすが俺の恋女房だ。そこいらの木偶の坊とは出来が違うねぇ」

パパの言葉にママが照れている。心底嬉しそうだ。

「オメェらもこれで分かったろ。和歌子は身銭を切って真由美のことを調べてくれてんだぞ。給料だってオメェらとは桁違ぇに少ねぇだろう。真由美のことを本気で心配してんだったら、和歌子にカンパしてやるのがあたりめぇだろう」

「出せと言われるんでしたら出しますがね」

小林さんが渋々の体《てい》でスーツの内ポケットから縦長の財布を取り出した。

「もともと、ここにいるのはオヤジさんの声掛けで集まったメンバーなんだというのは忘れないで欲しいな」

杉山さんも苦情を言いながら、同じようにスーツの内ポケットから財布を取り出した。

「僕は喜んで協力させてもらいます」

ガンちゃんが尻ポケットから二つ折りの財布を取り出した。

「困ります。私そんなつもりで……」

目の前に並んだ五枚の一万円札に手を出せず、私は困惑するばかりだ。

「いいってことよ。オメェだって楽な暮らしをしているわけじゃねぇだろ」

「僕たちだって、ヒマを持て余しているわけじゃないですからね」

パパの言葉に杉山さんが釘を刺した。

「そうですよ。金曜日のこの時間に呼び出されるのには迷惑しているんです」

小林さんが追従する。

「そうかい、そうかい。だったら二人はもう来なくていいよ」

「出入り禁止ということですか?」

『あじろ』のモツ煮込みが大好物で、来たら何杯もお代わりする小林さんが不安顔を見せた。

「客としてなら歓迎してやるよ」

言い放ったパパが小林さんと杉山さんにガンを飛ばした。

「ただしだ。今後この件に関しては蚊帳の外だと思ってくれ」

「それでけっこうです。そうだよね」

小林さんが杉山さんに同意を求めた。

「ええ、僕もそれでけっこうです」

目を見交わした二人が帰り支度を始めた。

出て行こうとする二人の背中にパパが声を掛けた。

「おいおい、テメェら無銭飲食するつもりかよ。帰るなら、払うもん払って帰りなよ」

再び財布を出そうとした小林さんを杉山さんが制した。

「ここは僕が支払いますよ。どうです、この後銀座にでも繰り出しませんか」

「いいですね。会社の経費で落とせる店に行きましょう。支払いは請求書払いにしてくれるので、後で適当な相手の名前を書けばいいだけですから」

「それに甘えましょうか」

これ見よがしの会話をして、杉山さんがカウンターに一万円札を叩き付けた。

「お釣りはけっこうです」

言い捨てて二人で店を後にした。

しばらく気まずい沈黙が流れた。

「パパ、私のせいで……」

「和歌子のせいであるもんか。ついでだ。その一万円札ももらっときな」

「でも……」

「ええい、江戸っ子は気が短ぇんだ。知らねぇわけでもねぇだろ」

「それじゃ……」

カウンターの上の一万円札六枚を財布に仕舞った。

「これから毎週金曜日の閉店後というのも互いに負担じゃないかい？」

ママの提案にパパが頷く。

「そうだな」

折り畳み椅子に座り直して腕と足を組んだ。

「和歌子は新しい情報が入ったら、その日の内に伝えてくれ。事前に電話してくれたら、ガン公にも招集掛けるからよ。もっともコイツは毎日ウチに通ってやがるけどな」

確かにガンちゃんは皆勤賞をあげてもいいくらいの常連客だ。住んでいるのも新橋から銀座線一本で通える田原町《たわらまち》だ。

「なるべくガンちゃんの負担にならない時間を指定してご連絡を差しあげます」

私が殊勝に言って、その夜はお開きとなった。

そして週明けの水曜日の午後四時過ぎ、私は取材先から『あじろ』に電話を掛けた。

「あまり人には聞かれたくない情報なので……」

口籠る私にママが言ってくれた。

「それなら明日の開店前の三時半にしようよ。その時間なら亭主も仕込みをほぼ終えている時間だからさ」

私の仕事の都合も聞かずに指定した。

「アンタ仕事は大丈夫なの？」

泥縄で確認された。

「ええ、私は都合がつきますけど、それじゃ、ガンちゃんが……」

「もし仕事に差し障りのあるようだったら、無理はしないでってアタシから伝えるからさ」

「ありがとうございます」

「で、飛び切りの情報ってなに？」

「真由美ちゃんの本名と住所が分かったんです」

「それはビッグニュースじゃない」

「その先は電話で言えることでもないので……」

「ああ、分かったよ。それじゃ、明日の開店前にね」

言って電話が切れた。

パパが受話器を取らなくて良かったと思った。パパならこんな風に簡単には納得してくれなかっただろう。

翌日の午後三時半前に、私は未だ締め切っている『あじろ』のガラス戸を開けた。

「で、どこ、どこなのよ」

開店前の薄暗い『あじろ』のガラス戸を開けるなりママが摑み掛からんばかりに問い質してきた。

「花川戸《はなかわど》です」

「花川戸だと！」

仕込みを続けていたパパが素っ頓狂な裏声を上げた。

無理もない。台東区花川戸はパパとママの夫婦が生まれ育った浅草観音裏の目と鼻の先の土地だ。

「花川戸のどこだよ？」

パパが、カウンターから出て問い掛けてきた。

手には仕込み用の包丁を握っている。

「二丁目です。グーグルで場所を確認しましたが、言問橋《ことといばし》近くの江戸通り沿いのマンションに住んでいるようです」

「てぇことは移転した『ちんや』の近くか！」

矢継ぎ早の質問が止まらない。

手に持った包丁の切っ先は私に向けられている。

『ちんや』は最近雷門通りから花川戸二丁目に移転したすき焼きの名店だ。百五十年近くの歴史があって、雷門通りでは立派なビルを構えていた。

「ええ、歩いて一分も掛からない場所です」

「もう行ったのか？」

興奮でパパが手にしている包丁が震え始めた。

私の視線は震える包丁に釘付けになる。

「アンタ、物騒なもん置きなよ。和歌ちゃんが怖がっているじゃないか」

「おッ、おッ、おう。俺としたことが、つい興奮しちまったぜ」

パパがカウンターに包丁を置いた。

「で、『ちんや』には行ったのか？」と、パパ。

「すぐ近くっていう話でしょ。『ちんや』に行ったかどうかは関係ないでしょ」と、ママ。

「おッ、そうだな。真由美のマンションとやらには行ったのかよ」

「いえ、まだです。私もそれを知ったのが一昨日の遅い時間でしたから」

急ぎの取材案件もあったからと付け加えた。

「で、どこから得た情報なの？」

できるだけ優しさを意識した風のママが訊いてくれた。

「これは絶対にもらさないで欲しいのですが」

強く念を押した。

「がってんだ。観音様に誓ってぜってぇ誰にも喋りぁしゃーしねぇ」

パパ、呂律が回っていないよ――

指摘してあげようかと思ったが、時間の無駄になるだけなので我慢した。その代わりに、ママの目を真っ直ぐに見てしっかりと頷いた。ママも頷き返してくれた。

「リンさんこと林さんに聞いたんです」

「あの『スナック美雪』の店長かッ」と、パパ。

「ええ、でも絶対言わないでくださいね。リンさん、前回のことで、美雪ママにこっぴどく叱られたらしいですから」

「そうね。美雪ママ、かなり怒っていたものね」と、ママ。

「風俗関係のお店は雇う前に身分を証明するものを確認し、コピーします」

「だからリンさんは真由美ちゃんの本名や住所を知っていたのね。それにしてもしっかりしているんだね」

「本名は埜原《えはら》真由美でした。苗字は誰にも言いませんでしたが、名前に嘘はなかったんですね」

一般的ではない文字なので、カウンターに置いてある鉛筆でメモ用紙に埜原と書いた。混み合っている時などに、客が注文を書く紙だ。

「苗字なんてどうでもいいじゃねぇか。それよりリンの野郎はどうして本名と住所まで知っていやがったんだよ」と、パパ。

「それはさっきも言ったとおり、風俗店では万一のトラブルのために身分証を確認してコピーするんです。どんな事件に巻き込まれるか、これは働いているキャスト側にも店側にも言えることですが、トラブルを嫌う業界でもありますから。特にキャストの氏名や住所は極秘中の極秘情報です」

「よくそんな極秘情報を教えてくれたもんだね」と、ママ。

「一発でクビが飛ぶ漏洩です。ですからリンさんのことは絶対に口外しないで欲しいんです」

私は両手のひらを合わせてパパとママを拝み込んだ。

「ああ、それは絶対に、口が裂けても口外しねぇと誓うぜ」

パパも徐々に落ち着きを取り戻している。

「安心しな。この人がこう言ったら絶対に口外なんてしやしないよ」

ママが私に微笑み掛けた。

ホッとした私の肩から力が抜けた。

「そうなると、いつそのマンションを訪ねるかだな。真由美が元気でいるのかどうか確かめてぇし、他にもいろいろ訊きてぇこともあるからな」

「もしお二人がよろしければ、今週の土曜日にでも同行して頂きたいと思います」

「ガンちゃんはどうしよう。あの子も国際通りのすぐ裏に住んでいるから、徒歩で来られない場所じゃないよね」と、ママ。

「ガンちゃんは、今日は都合がつかなかったんですか？」

「そうなの。なんでも大事な会議が入っているとかでさ」

「アイツには声を掛けなくていいんじゃねぇか」

「いえ、できれば一緒に来て欲しいんです」

「なんでだよ？　俺らじゃ不足か？」と、パパ。

「そういう意味ではなくて、前回の会合で揉めたカンパの件、ありましたよね。喜んで協力させてもらいます、と言った時のガンちゃんの目に躊躇《ためら》いはありませんでした。真っ直ぐで綺麗な瞳をしていました」

「ッきしょう。泣かせんなよ。今のセリフをガンの野郎に聞かせてやりてぇよ。よしッ、心得た。土曜日にはアイツも連れて行ってやろうぜ」

それから三人は話し合って、真由美ちゃんが夜型の生活サイクルで暮らしている可能性も考え、土曜日の午後二時に東武浅草駅の北口での集合が決まった。土日が休みのガンちゃんであれば、その時間なら対応できるだろうと考えた。

ガンガンとガラス戸を叩く音がした。

表に三人連れがいて店内を覗き込んでいる。

腕時計に目を遣ると午後四時十分だった。

「アンタ、たいへんだよ。開店時間を十分も過ぎているよ」

「すっかり話し込んじまったな。すぐに連中を店に入れてやれ。俺は提灯と暖簾を出すからよ。店の灯りも点けるんだぞ」

「私も手伝います」

言って私も店内に立て掛けてある暖簾目指して駆け寄った。

「おう、すまねぇ。今夜の一杯目は俺の奢りだ」

赤提灯の用意をしながらパパが言った。

土曜日の午後一時半、パパたちと約束した時間の三十分前に、私は東武浅草駅の北口に着いた。約束の三十分前に到着するのはフリーのライター業を営む私の常だ。

実話系の週刊誌で仕事を始めた時に、指導してくれた先輩記者さんに教えられた。

「いいかい。俺たちが相手をする連中には危ない奴もいるんだ。万にひとつでも待たせるようなことがあっちゃいけない。だから、約束の場所には必ず三十分前に行くんだぞ」

後から知ったことだが、それは筋の悪い連中への流儀であって、約束の時間にさえ遅れなければそんなに早く行く必要もないし、むしろ相手を恐縮させてしまうことにもなるのだが、かなりの期間、その言い付けに従ってきた私は、単独で行動するようになってからも、その習性が抜け切れないでいる。

到着すると意外な人物が待っていた。

小太りな後ろ姿でそれが誰だか確認するまでもなかった。

「ガンちゃん」

声を掛けると齧り掛けのハンバーガーを手にしたガンちゃんが振り返った。

北口駅前にあるハンバーガー店で買ったものだろうが、全国にチェーン展開するその店のハンバーガーは、レタスたっぷりでボリュームのあるものが多く、スプーンやフォークを使って食べる女子も少なくない。ガンちゃんの口元に付いたタルタルソースで海老カツバーガーを食べていたのだと察した。

「和歌子さん、ずいぶん早いんですね」

「ガンちゃんこそ、ずいぶん早いじゃないの」

「オヤジさんに、遅れたら置いていくぞと脅かされましたから」

言いながらガンちゃんが、残った海老カツバーガーを口に押し込んだ。ポロポロと具材が道路に落ちて目ざとい鳩がそれを啄んだ。

「脅しだなんて……。それはパパのいつもの大げさな言い方でしょ」

苦笑する私を右手で制して、ガンちゃんが道向こうの自販機に足を運んだ。

慌てて詰め込んだバーガーを喉に詰まらせているのね――

ガンちゃんらしいと言えばガンちゃんらしいが、愛嬌たっぷりの仕草に微笑んでしまう。

ガンちゃんのもとに歩み寄った。

ガンちゃんは缶コーヒーのプルトップを開け、上を向いて、ごくごくと喉を鳴らしながらそれを一気に飲み干した。

「プッファー」

声に出して大仰に息を吐いた。

「どうする？　未だ早いよね？　座って待つとしても、そこのハンバーガー屋さんくらいしかないし……」

「先に行きましょうよ。『あじろ』の二人には電話をすればいいでしょう。二人が住んでいるのは、観音裏の雷《かみなり》５《ゴ》６《ロ》５《ゴ》６《ロ》会館の近くだし、むしろ直接来てもらったほうが近いでしょ」

「場所は分かるの？」

「ええ、分かります。浅草は地元みたいなものですから」

ガンちゃんは銀座線浅草駅のひと駅隣の田原町に住んでいる。

なるほど地元みたいなものか、と納得してバッグからスマホを取り出した。

「あ、ママ。おはようございます。和歌子です」

ママは未だ自宅を出ていなかった。

「東武浅草駅の北口に着いたらガンちゃんも着いていて、直接現地で待ち合わせたほうがママとパパからも近いんじゃないかって――ええ、それでいいです。それじゃ現地で」

通話を終えてガンちゃんに目線を向けた。

「ママがパパと一緒に現地に来るって」

「それじゃ行きましょう」

「ちょっと待ってね」

スマホのアプリで道順を確認しようとした。

「とりあえず、江戸通りに出たほうがいいみたいね」

「それよりこっちのほうがショートカットですよ」

北口から見て江戸通りとは反対側をガンちゃんが指で示した。

「ガンちゃん、真由美ちゃんのマンション知っているの？」

「知っているわけがないじゃないですか」

苦笑を浮かべた。

「でも、だいたいの場所はオヤジさんから聞きましたから」

地元民に任せて欲しいという言葉に頷いて、歩き始めた小太りの背中に従った。

狭いというほどではないけれど、一車線の路地をガンちゃんは進み、突き当たりを左に折れた。緑色の金網が張られているのは浅草小学校だった。

その小学校をぐるりと半周するかたちで公園に出て、再び路地を進んだ。

「どうやらここみたいですね」

ガンちゃんが足を止めたのは茶色の旧いマンションだった。

そのすぐ先に自動車やトラックが往来する広い道路があるが、あれが江戸通り、即ち国道六号線だろう。

念のため、スマホのアプリを確認してみた。

確かにそのマンションは『ちんや』の隣だが、微妙に位置がずれていて真横というのではない。私ひとりで来ていれば迷ったに違いない。住所で検索しているし、近くにマンションらしい建物もないので、ここまで来られたには違いないが、少しウロウロしただろう。

「ガンちゃん、この場所を知っていたの？　というか、前に来たことがあるの？」

「今日が初めてですけど……。厳密に言えば初めてじゃないかな」

「厳密に言えば？」

「今朝早めに来て、場所を確認しました。真由美さんのこととなると、じっとしていられなくなって……」

照れるように言って付け加えた。

「郵便受けも調べてみました。三〇二号室に『埜原』っていうプレートもありました」

「アナタその部屋に行ってみたの？」

「さすがに僕ひとりで行く勇気はないですよ。真由美さんにどうしてここが分かったのって問い詰められても、返す言葉がありませんから」

それはそうだ。なまじ下手な受け答えをしたら、情報提供者のリンさんに迷惑が掛かってしまう。その点パパなら、相手の疑問などほったらかして、どうして『あじろ』に来ねぇんだとか、連絡を寄こさねぇんだとか、まくし立てるに違いない。

「どうしますか？　二人で訪ねてみますか？」

「ううん、パパたちを待とうよ」

私だって真由美ちゃんを問い詰める自信はない。

「その前にちょっと」

言い残してマンションに足を踏み入れた私は、エントランスにある三〇二号室の郵便受けを確認してみた。確かに『埜原』というプレートが貼られている。珍しい名前なので、別人ということはないだろう。

郵便受けはダイヤル式の鍵で施錠されていた。投入口から覗き込んでみたが郵便物らしいものもなかった。

「ここで待ちますか？」

マンションから出るとガンちゃんに訊かれた。

「パパたちは自転車で来ると思うの。ここではなく『ちんや』を目印にね。だったら言問通りを通って来るでしょ。言問通りに出て待ちましょ」

「それじゃこっちになります」

ガンちゃんに案内されて言問通りに出た。

「あれが良い目印になるわね」

すぐ近くにスーパーがあり、そこで待ちますとママにラインを送った。Vサインのスタンプが返って来た。

それから十五分くらい、私たちは言問通りに出てパパたちを待った。

その間ガンちゃんはスーパーでペットボトルの麦茶を買って飲んでいた。

やがてパパとママが自転車に乗って駆け付けた。

「ごめんなさい。待たせたかい？」

先に着いたママが私に言った。

「待たせちまったな」

少し遅れて着いたパパは息が上がっている。

「ガンちゃんがいましたから」

私は微笑んで二人に答えた。

ガンちゃんがいたといっても会話はほとんどなかった。不思議なもので、『あじろ』だったらなにかと話すことはあるのだが、それはやっぱりアルコールのお陰もあるのだろう。昼下がりの道端で佇んでいても話は弾まないものだ。

「こちらが真由美ちゃんのマンションになります」

自転車を押すパパたちを案内した。

「ずいぶん地味なとこに住んでいやがんだな」

なにかを言わなくては気の済まないパパの言葉はスルーした。

「こちらの三〇二号室の郵便受けに『埜原』というプレートが貼られています」

「てっきりタワーマンションみたいなところに住んでいると思っていたぜ」と、パパ。

「とりあえず四人で行ってみましょう」

オートロックもないので、パパたちを促してエレベーターに乗った。

三階には通路を挟んで二部屋ずつ、四つの部屋があって、通路の奥が三〇二号室だった。

「ここですね」

私が確認するや否や、パパがインターフォンのボタンを押した。

奥からピンポンという軽やかな呼び出し音が聞こえた。

応答は——なかった。

パパがインターフォンを連打し始めた。

ピンポン、ピンポン、ピンポン、ピンポン——

その傍らでガンちゃんがしゃがみ込みドア横の鉄扉を開いている。

「やい、ガンの字。てめぇ、なにやってやがんだッ」

自分の足元に蹲るガンちゃんを訝し気に睨み付けてパパが言った。

「電気メーターを確認していたんです」

扉を閉めて、立ち上がりながら言ったガンちゃんの手には小さな金具が握られていた。

「どうやら真由美さんは留守のようですね」

「どうしてそんなことが分かるんだよ」

「電気メーターの動きを見ました。あれは冷蔵庫の電気消費量程度の動きです。他に家電製品は使われていません」

「そ、そうかい。さすが電気屋だな」と、パパ。

「電気屋じゃなくて家電メーカーだよ」と、ママ。

「留守ならしょうがねぇな」

「ちょっと待って下さい」

諦めかけているパパを私は制した。

「なんだい、和歌子」

「このあたりはポスティングがないんですか？」

「ポスティング？」

「チラシです。住宅情報とか、健康食品とか、ピザ屋とか」

「ああ、それなら毎日毎日、煩《うるさ》いほどへぇるな」

「さっき下で見た郵便受けにはチラシ類が入っていませんでした」

「だからどうしたっていうんだ？」

「ということは、少なくともこの二日間くらいのうちに、誰かがチラシを回収したということではないでしょうか？　誰かといっても、真由美ちゃんか、真由美ちゃんと同居している誰かが、ということになりますけど」

「真由美が男と暮らしているってぇのか」

「あくまで可能性としてですよ。ひとり暮らしだとは限らないですし、それが男性なのか女性なのかも分からないですよね」

「だったらどうしろっていうんだ」

「とりあえず、同じ階の人たちに当たってみましょう。誰かが真由美ちゃんの在宅時間とか、同居人のことなんか知っているかも知れないでしょ」

実のところ、それほど期待はしていなかったが、無駄になっても良いという気持ちでパパに提案してみた。

「だな。よし、そうと決まれば片っ端から当たってみるか」

隣の三〇一号室は不在だった。

三〇三号室もダメだったが、三〇四号室の住人と会えた。

「ちょっと、そこの三〇二号室に住んでいた、いや住んでる、女のことで訊きてぇことがあるんだがよ」

いきなりのパパの切り出し口上が男性を警戒させた。

「失礼ですけどどちら様でしょうか？」

温厚そうな中年男性だった。奥からはテレビの音がする。上下揃いのジャージ姿で寛いでいたと思われる男性に同情した。

「身内みてぇなものだよ」

確かにそうかも知れないけど、その言い方はないいんじゃない？

しかもこちらは四人で押し掛けているんだよ。

それじゃぁパパ、相手を余計に警戒させてしまうよ。

「みたいなもの？」

案の定、男性が眉を顰《ひそ》めた。

「いえ、私たち三人は付き添いで、実はこの方が」と、私はママの肩を抱いて、パパと男性の間に割り込んだ。

「ええ、そうなんです。娘の真由美からの連絡が、ひと月も途絶えておりまして……」

さすがママだ。

私に合わせて演じてくれる。

私はママの背後に廻った。

そのついでに、余計なことは言わないでねと、そんな気持ちを込めて、軽くパパの爪先を踏んだ。パパは雪駄履きだけど、私はゴム底の運動靴なので、それほどのダメージはないだろう。

「そうですか。ご心配ですね」

項垂《うなだ》れたママに男性が慰めの声を掛けてくれた。

「あの娘は……真由美は誰かと暮らしていたのでしょうか？」

「いいえ、そんな気配はなかったですね。朝のゴミ出しで何度かご挨拶したことがありますが、おひとりで暮らされていたと思いますよ」

「そうですか」

ママが安心そうに肩の力を抜いた。

「で、最近はどうなんでしょ？」

「どうと言いますと？」

「ゴミ出しで会うこととか……」

「そう言えば、ここひと月ほどお会いしていないですね」

男性の返答にママが肩を落とした。

肩だけで感情表現ができるのだからママはさすがだ。

「一応確認ですが、三〇二号室で暮らしていた女の人は、三十歳前後で、小柄で可愛くて、ボブヘアで眼鏡を掛けていて……」

私は思い付く真由美ちゃんの特徴を並べてみた。

「そうですね。そんな感じでした」

「帰宅するのは朝でしたでしょうか?」

「ええ、僕も夜勤の仕事が多いので、朝に会うことが多かったですね。前日からゴミ出しをすると怒られるじゃないですか。だからゴミは朝に出さなくちゃいけない決まりになっています。特に生ゴミはカラスにグチャグチャにされてしまいますから。それで僕も帰宅したら、慌ててゴミを出すようにしていたんですが、三〇二号室の方もそんな感じでしたね」

「出勤時間は何時頃なんですか?」

「僕のですか?」

私が頷くと男性が「日によって違いますが」と断りを入れて言った。

「だいたい午後三時前後ですね」

「でしたら三〇二号室の女性と一緒になることも？」

「ええ、ありましたよ」

「どんな感じでしたでしょうか？　例えば服装とか」

「割と普通の格好でしたね。出勤時間と帰宅時間がそんなですから、水商売でもされているのかなと思ったんですけど、格好だけで言えばそんな風には見えませんでした。それから、僕は勤務先が上野で、近くの隅田公園バス停からバスに乗るんですけど、三〇二号室さんはいつもタクシーを利用されていましたね。それで僕……」

男性が言い淀んだ。

「それでどう思われたんでしょ？　なんでもはっきり言ってください。最近のあの娘の様子がまったく分からないんです」

ママが絶妙なフォローを入れる。

「偏見になっちゃいますけど、風俗にお勤めになっているのかなって。そんな失礼なことを考えたりもしました」

「風俗ですか……。そんな気配がありましたか？」

「いえ、なんとなくですが……」

それほど風俗に詳しいわけではないのか、苦笑交じりに言い訳した。

もうこれ以上、なにか聞ける可能性はないだろうと諦めて、私は男性に告げた。

「もし他に分かることがありましたら……」

顔を軽く突き出した。

「そうですねぇ……」

男性は考え込んだ後、ハッとした顔で言った。

「そう言えば……ひと月くらい前かな、僕が夜勤の仕事から帰ると、あれは朝方だったんですが、部屋で口論している声が聞こえました」

「相手は男性でしたか?」

「いえ、聞こえたのは三〇二号室さんの声だけでした」

「だったら電話で口論したのかも知れませんね」

「そんな風ではなかったですね。出て行ってよッ、とか叫んでいましたから。でも相手の声は聞こえませんでした」

「ということは、無理矢理部屋に押しかけてきた男がいたってことじゃねぇかよッ」

パパが割り込んできて男性の態度が硬くなった。

「そんなこと分かりませんよ。もうこれくらいで良いですか。知っていることは全部お話ししましたからね」

「ちょっと待って下さい」

男性が閉めようとしたドアの縁を左手で摑んで言った。

慌ただしくバッグから名刺入れを取り出した。

左手が塞がっていたので、名刺入れを握った右手で、他のもの、財布とかコンパクトとか口紅を床に落としてしまった。口紅が跳ねて転がった。

それらには構わずにドアの縁を摑んだままの左手に名刺入れを移し、右手で名刺を抜き出した。

「私、こういうものです。メールでも電話でも構いません。なにか三〇二号室さんのことで思い出したことがあったら、ご連絡ください」

私の名刺にはスマホの番号も印刷されている。

中年の男性が名刺を受け取り、ドアが閉められた。

私たち四人は一斉に深いため息を吐いた。

決定的な情報が得られなかったからだ。

いや、そうではない。

「少なくとも、ひと月前まで、真由美ちゃんはここで暮らしていたんですよね」

誰に言うともなく、自分の考えを整理するつもりで呟いた。

「姿格好が似ていて、自宅を出る時間も帰る時間も私の情報と一致しています。三〇二号室の住人が真由美ちゃんだったことには間違いないでしょ」

「僕が気になったのは、ひと月くらい前に、三〇二号室から口論する声が聞こえたということです」と、言ったのはガンちゃんだった。

「もしも、あくまでもしもですよ。真由美さんがパパ活とか、それを利用した恐喝紛いのことをやっていたのだとしたら、その相手の男性と揉めていたのではないでしょうか？」

「その可能性もあるだろうけど、ここはもっとフラットに考えたほうがいいんじゃないか。そんな相手を部屋に入れるかな？　真由美ちゃんはストーカー被害に遭っていた可能性もあるんだよ。相手がその男だったということも考えられるんじゃない？」

「それも疑問ですね。ストーカーを部屋に入れたりするでしょうか？　ストーカーはたいていは、マンションの前で待ち伏せして、関係を迫るんじゃないですか？」

ガンちゃんにしては、なかなか鋭い指摘だ。

「だから真由美さんが部屋に入れた男は、それなりに親交のあった相手だと思えるんですよね。単なるストーカーだとは考えにくいです」

「そうね……」

考え込みながら私の思考は別の方向に向いていた。

これは自分にこそ責任があるのだが、私たちは共通認識として、私がライターを務める実話誌に悪意のある投稿をしてきた人物を、真由美ちゃんに危害を加えたかも知れない人物と同一人物として考えていたのではないだろうか。

だが、そうとは限らない。

「とにかくこんな所じゃなんだ」

パパがいった。

「席を移さねえか。ゆっくり話ができる店があるんだ」

「中央通りの『金太郎寿司』かい。土曜日のこの時間、あそこはカウンターしか空いていないだろうし、ゆっくり話はできないんじゃない？」

ママがパパの考えを読む。

「違ぇよ。『ひょうたんなべ』だよ」

反論したパパが勢いで余計なことまで口にした。

「それにコイツらを『金太郎寿司』に連れて行ったら『あじろ』で出しているゲソの柔らか煮が、オマエが持ち帰りしたもんだってバレちまうじゃねえかよ」

あらあら、自分でバラしちゃった。

そうか。ふっくらと煮込んだイカのゲソは、浅草のお寿司屋さんでママが仕入れているものだったんだ。味が染みて美味しい逸品だけど、あれほど手間を掛けるのは、パパひとりじゃ無理だよねって私は得心した。

「そうかい。それなら『ひょうたんなべ』にしてもいいけど、あの店もなかなかの人気店だよ。これから行って座敷席がとれるのかい？」

「だからよ。俺たちが自転車で一足先に行って様子を見てみようや。空いてれば座敷席を押さえりゃいいじゃねぇか。今の時間ならまだ大丈夫だ。コイツら二人は、後から歩いて来てもらうってことでよ」

「私そのお店の場所を知らないんですけど」

「僕も知りませんけど」

「心配するこたぁねえよ。いくらオマエらでも、観音様の雷門くらいは知っているだろうが」

私らどころか、浅草寺の雷門は全国的に有名な浅草の観光スポットだ。

「もちろん知っていますけど」

答えた私にパパが言った。

「観音様の仲見世通りの側道があるだろう」

「ええ、ありますね」

「左右にあるから間違えるんじゃねぇぞ。本堂に向かって右側の側道だ。そこをちょっと行けば公衆便所があるだろう」

「そこなら僕も知っています」

ガンちゃんが自信満々に答えた。

「そこを左に曲がるんだ」

「右だよ、アンタ」

「そうだ、そうだ。左じゃねえ。こっちから見たら左だけどよ、雷門を背にしたら右だ」

負けず嫌いのパパは素直に自分の間違いを認めない。

「右に曲がってチョイと行ったら、でっけぇ赤提灯がイヤでも目に付くからよ。そこに来なよ。急ぐことはねぇぞ。俺たちは、コイツがいつも使っている駐輪場に自転車を置いてから店に行くからよ」

なるほどママは、自宅から自転車で『金太郎寿司』とかでゲソの柔らか煮を仕入れて、その近くの自転車置き場に自転車を置いて『あじろ』に出勤しているのか。

夫唱婦随というのではないかも知れないけれど、『あじろ』はそうやって成り立っているんだなと、私は感慨に似た感情を覚えた。

「それじゃ、行くぜ」

パパに促されてエレベーターへと向かった。

箱が三階に着く前に私たちの背後でドアが開く音がした。

全員で振り返った。

半開きにしたドアから、さっき話を聞かせてくれた男性が顔を覗かせていた。

「あのう、もうひとつ思い出したことがあるんですけど……」

視線は明らかに私に向けられている。

パパがずかずかと歩み寄るのを制して、私が男性のもとに歩み寄った。

「ありがとうございます。どんな情報でも助かります」

「先ほど頂いた名刺の社名をネット検索したら、確かに実在する雑誌社でした。ネットニュースには署名記事がアナタの名前で掲載されていました。お写真も」

「それはどうも」

恐縮するしかなかった。

どの記事を見たのだろう?

むしろそのことが気になったが、私の顔写真が掲載されていたのだったら、企業案件の記事だろう。

実話誌なので、かなり際どい記事もあるが、広告収入が減っている現在、ウチの雑誌では、企業――と言っても、観光地にある遊園地とか、そこそこの規模の健康ランドみたいなものだが――特集と称して、カラーグラビアで提灯記事を出し、ネットニュースにも転載されることがある。

そのような記事を社員の編集者たちは書くのをイヤがり、私のようなライターにお鉢が回って来るのだが、それとて私にとっては大事なメシネタの仕事だ。それに取材に託《かこ》つけて、全国あちこちに旅行もできるので、私は企業案件を歓迎している。

最近でいえば――

想いを巡らせた。

たぶん伊豆の温泉街の特集ね。

コロナ禍もあって、寂れ掛けている温泉地の商店街の提灯記事を書いたっけ。

「なにか思い出されたんですね？」

「思い出したというか、知らない人に言ってもいいかどうか、迷ったのですが……」

「はい、どうぞお話しください」

「三〇二号室さんのお部屋には、かなり若い――若いというか、娘さんが滞在していることがありました。最初は妹さんとかだろうと思っていたのですが、いつも違う娘さんなんです。どこか犯罪めいた感じがして、さっきは言えずにいたんです」

「犯罪めいた、というと？」

「だって揃いも揃って中高生くらいの女の子なんですよ。見かける女の子がよく変わるので滞在するのは二、三日、長くても一週間くらいじゃないですかね。だから僕……」

「売春みたいなものを想像されたんですね」

「ええ、妄想が過ぎるような気もしますが……」

男性が顔を赤く膨らませた。

余程の決心で打ち明けてくれる気になったのだと判断した。

「心配なさらないでください。アナタがそうお考えになったとしても、無理からぬことだと考えます。でも、三〇二号室の埜原真由美さんは、家出少女を保護する活動もしていたんです。ですからアナタが目にした若い女の子らも、真由美さんが保護した娘さんたちだと考えて下さい」

まさかパパ活や淫行で男性を恐喝していた可能性があるなどと、目の前の善良そうな男性に言えるわけがない。

「そうですか」

男性の表情が和らいだ。

「僕ってどうしようもない人間ですね。そんな下衆い妄想までしてしまって、三〇二号室さんに合わせる顔がないですよ」

気まずそうに照れ笑いした。

「大丈夫ですよ。アナタはアナタなりに女の子たちの身の上をご心配されていたんですから、それをちっとも恥じることはないです。貴重な情報をありがとうございました」

丁寧に頭を下げてエレベーター前で待つママとガンちゃんのもとに戻った。

それほどの距離でもないので、私たちの遣り取りは三人の耳にも届いているはずだ。

三階に到着していたエレベーターのドアを、先に乗り込んだパパが押さえて待ってくれていた。もしかして、パパの耳には届いていなかったのかも知れない。

「早く乗りましょ」

ママとガンちゃんを促してエレベーターに乗り込んだ。

エレベーターを止めておくなんて、それはパパの性分なのだから文句を言っても仕方ないが、他の階の利用者にとっては迷惑な話だろう。

私が『閉』のボタンを押してエレベーターが下降し始めた。

「和歌ちゃん、さっきの話……」

「ですよね、聞き流せない内容でしたよね」

「どんな話だったんだよ」

やっぱりパパの耳には届いていなかったようだ。

「こんなところで議論しても始まらないでしょ。続きは『ひょうたんなべ』でしたか、そちらでゆっくり話し合いましょうよ」

私が言い終わるタイミングでエレベーターが一階に到着した。

ママとパパ、私とガンちゃんの二手に分かれて、私たちはパパが指定した『ひょうたんなべ』という店を目指した。


パパの言ったとおり、大きな赤提灯の店はすぐに見つかった。

暖簾を潜って引き戸を開けると「へい、らっしゃい」という威勢の良い声で迎えられた。

「和歌子さんですね」

カウンターの向こうに立つ店主と思しき大柄の男性に声を掛けられた。

「ええ、そうです」

「お連れ様が小上がりでお待ちです。どうぞご遠慮なく上がってください」

Jの字型のカウンターの横に小上がりの座敷があった。

「お履物はこちらで片付けさせて頂きますので」

そう案内してくれたのは背の高い青年だった。

店内のカウンターは二人分くらいずつ、透明のパネルで仕切られている。

土曜日の昼過ぎだというのに、店内は八割ほどの入りだ。なかなかの人気店なのねと私は得心した。

パパとママは小上がりの奥の掘炬燵席でホッピーを飲んでいた。

「おう、待ちかねたぞ。飲みもんはホッピーで良いな」

「僕はビールのほうが……」

遠慮がちにガンちゃんが言う。

「てやんでえ。浅草に来たらホッピーだろう。構うことはねえ、おい、兄さん、ホッピーセットを二人前で頼むぜ」

「白黒赤とありますが、どのセットにしましょう」

「俺たちに合わせて黒にしてくれ」

未だ着席もしていない、メニューさえ見ていない私たちの注文が決まってしまった。

「ガンちゃん、郷に入っては郷に従えよ。ホッピーはもともとノンアルコールのビール風味の飲料なんだから、ビールみたいなもんだよ」

慰めにもならない言葉でガンちゃんを慰め、私たちは四人掛けの掘炬燵席に腰を下ろした。

「そりゃあ、僕だって、浅草の標準的な飲み物が、ホッピーだということくらいは心得ていますけど……。ホッピー通りがあるくらいですからね」

小声でブツブツ言いながら、ガンちゃんがパパの正面の座布団に腰を下ろした。

「オメェらが来る前にコイツから聞いたんだけどよ、真由美のやつ、若い娘を自分の部屋に泊めていたんだって？」

グラスを合わせる間もなく本題に入った。

「でも、それって真由美ちゃんが家出娘を保護したとも考えられるんじゃないですか？」

私が男性に説明した言葉をガンちゃんがなぞった。

「そう考えられないこともないけど、滞在期間が二、三日、長くても一週間はいなかったというのが気になるわね」

男性には言わなかったことを口にした。

「どうしてなんですか？」

ガンちゃんがムキになった。

「保護したとして、その先に考えられるのは、警察か児童相談所に預けるってことだけど、児相はそれほど優しくないみたいだし、どのみち親に連絡がいくでしょう。家出少女の味方になっていたら、警察には行かないんじゃない？　児相にしろ、警察にしろ、毎日のように飲み歩いていた真由美ちゃんに、そんな時間があったとも思えないのよね。二、三日で家出少女の問題を解決するなんて無理でしょ」

「土日は時間があったんじゃないですか?」

ガンちゃんが食い下がった。

「児相の仕組みを知らない私があれこれは言えないけど……」

アナタは知っているの? とガンちゃんに問い掛けてみた。

「僕も知りませんけど……」

「それじゃ、これ以上その可能性について議論するのはムダね」

私が結論付けたタイミングで私とガンちゃんのホッピーセットが配膳された。

「俺はナカだ」

パパがジョッキを飲み干して若い店員さんに掲げた。

「へい、畏まりました」

ナカとはベースとなる甲類焼酎のことだ。それをホッピーで割ったものを一般的にはホッピーと称している。本来のホッピーはその名で呼ばれることがほとんどなく、ナカに対してソトと呼ばれる存在になっているのだ。

いっぱいに詰められた氷と透明の液体であるナカが注がれているジョッキに濃茶の瓶からホッピーを注ぎ、私とガンちゃんがマドラーで混ぜているあいだにパパが注文したナカが運ばれた。パパも私たちと同じように余っていたホッピーを瓶から注ぎ入れて二杯目に入った。

瓶のホッピーは三六〇ミリの容量だが、ソト一瓶で何杯のナカを頼めるか、その杯数がサラリーマンたちの力量らしいと聞いたことがある。

標準的には三杯以上作れたら合格らしいが、おそらくパパもそのくちなのだろう。ソトには未だ半分以上の液体が残っている。

「食べ物は如何いたしましょう?」

メモを構えて膝立ちした店員さんに訊かれた。

「ここの魚は旨ぇんだ。俺はとりあえずクエを頼んだから、オメェらも好きなもん食いなよ」

クエが高級魚だという知識くらいはあるけど三千円もしている。その他のメニューも決して安価とは言えない。

「でぇじょうぶだ。ここは俺の奢りだ」

目線をウロウロさせている私とガンちゃんにパパが言った。

「それじゃぁ、僕はシラスを頂きます」

「私は春の山菜天婦羅を」

そのどちらも決して安くはない。

だけど、看板メニューであるおでんは安いものなら百八十円からという品揃えだ。

店員さんが下がって、とりあえずと私たちはジョッキを合わせた。

「さっきの話だが……」

パパが語り始めた。

「真由美がどんな目的で、若い娘っ子を部屋に連れ込んでいたのかは置いとくとしてだ」

「アンタ、連れ込んだはないでしょ」と、ママ。

「すまねえ。泊めていたんだな。それは別にして、アイツがもう一か月も、自分の部屋に戻ってないらしいことは確かだな」

「だったらどうして、郵便受けにチラシが溜まってなかったんでしょう?」

私にはそのことが引っ掛かって仕方がない。

「おおかた管理人とかが片したんじゃねえか?」

「その可能性は低いと思います。たとえ管理人とか大家さんとかであったとしても、入居者の郵便受けの中身を処理したりはしないでしょ」

反論した私にパパが鋭い目を向けた。

「だったらどういうことなんだよ?」

「私が気になったのは、真由美ちゃんの向かいの部屋、三〇四号室の男性の証言です。あの人は、真由美ちゃんが誰かと口論していたと言っていましたよね」

「ああ、言っていたな」

「真由美ちゃんの声で『出て行ってよッ』と聞こえたんですよね。その相手が男性だったか、女性だったかまでは分からないとのことでしたが、もしそれが男性であって、しかもトラブルがこじれにこじれて真由美ちゃんの身に危害が及んでいたとしたら……」

本当は殺されていたとしたらと言いたかったのだが、さすがにそれを口にすることはできなかった。

ママが私の言いたかったことを察してくれたようだった。

「つまりなにかい。その男が真由美ちゃんを殺したことを隠蔽するために、チラシとか郵便物を回収していたってことも考えられるってことなの?」

「ええ、その可能性もあるんじゃないかと思うんです。郵便物が溜まっていたら、誰かが、例えば管理人さんとか大家さんとかが、念のため、真由美ちゃんの部屋を訪れるということも考えられますよね」

「その立場の人なら部屋の鍵も持っているだろうからね」と、ママ。

「そうなんです。それを怖れた犯人が、真由美ちゃんの郵便受けを定期的に空にしていたということも考えていいんじゃないでしょうか?」

「和歌子、オメェは真由美が殺されているって言いてぇのかよッ」

パパが怒鳴り声を上げた。

「アンタ、素っ頓狂な声を上げるんじゃないよ。和歌ちゃんは、その可能性も考える必要があるって言っているんだろ」

お仕置きのつもりなのか、ママが隣に座るパパの内腿を抓《つね》ったみたいだ。

「イテテテ」

パパが情けない声を上げて身を捩《よ》じらせた。

「でもそうなると、このままにはしておけないね」

痛そうに内腿を擦っているパパを無視してママが言った。

「この段階で警察に訴えるのは無理がありますよね？」

ガンちゃんが私とママに問い掛けた。

「そうね。事件性がはっきりしていないと警察は動いてくれないわよね」

「和歌ちゃん、管理人さんとかに事情を説明して、立ち会ってもらって、真由美ちゃんの部屋に入るっていうのは無理だろうかね？」

「絶対無理だとは言えませんが、相手次第でしょうね。私たちは真由美ちゃんの血縁者でもありませんし、ただ新橋の居酒屋で懇意にしていたという理由だけで、入居者の部屋に入るのは無理ではないでしょうか」

注文していた食事が運ばれ、私たちそれぞれが、自分が注文した品に箸を付けた。

ママが注文していたのは大根とちくわぶのおでんだった。

すべての注文の品が揃うタイミングを計って食事を出した『ひょうたんなべ』の気遣いに私は感心していた。おでん鍋は出入り口近くのカウンター内で湯気を立てていた。その他の品はどうだか分からないが、おでんだけならすぐに出せたはずだ。

しかしそれをしてしまうと、他のメンバーに遠慮して、ママは熱々のおでんに箸を付けることをしなかったかも知れない。

（なるほど、パパが推奨するだけあって、ここは隠れた名店だわ）

私はひとりで合点した。

翌週の月曜日、私はいつものように『あじろ』を訪れた。午後八時ごろだった。

既にガンちゃんが来ていて、軽く目を合わせて会釈程度の挨拶はしたが、私はガンちゃんから少し離れたカウンターの奥に陣取って、いつものようにライムハイを注文した。

そこは真由美ちゃんが男性客と親し気に話し込んでいたテーブル席のすぐ近くで、真由美ちゃんの不在が身に沁みるが、それでもその近くで飲まずにはいられなかった。

真由美ちゃんの不在とは関係なく、その日も新橋の夜は賑わっている。

そのことが堪らなく思えるのだが、今の私にはどうしようもない。

あの日私たちは『ひょうたんなべ』で食事した後、ダメもとで、真由美ちゃんが住んでいたマンションの管理会社を訪れてみた。

マンションの壁面に『空室あります』と記された看板の不動産管理会社を訪れたのだ。

しかしそこで有益な情報は得られなかった。

個人情報の保護が煩く言われる世の中では当然のことだろう。

「家賃もちゃんと支払われていますからね」

一か月以上行方が知れないと訴えた私に対する返答がそれだった。

振り込みなのか、引き落としなのか、コンビニ払いなのかも教えてもらえなかった。

「私たちもヒマな身ではないんでね」

そんな風に追い払われてしまったのだ。

ボンヤリと考え事をしていると、すごい勢いで『あじろ』に駆け込んできた客があった。

「大変なことになりましたね」

声を張りあげたのはテレビ局に勤める杉山さんだった。

「どうしたんだよ。また新型コロナの変異株でも見つかったのかよ」

パパが警戒する声で言った。

それはそうだろう。緊急事態宣言下では閉店していた『あじろ』なのだ。パパだけでなく、多くの飲食店の関心事はそのことに違いない。

「違うんですよ」

声を落とした杉山さんが、パパとママを手招きしながら私の隣に移動した。

私の隣というより、カウンターの奥で話したかったように感じた。

「ったくなんだって言うんだよ」

パパが面倒臭げに店頭の焼き場からママの横、洗い場の奥へと移動した。

それに釣られてガンちゃんも移動してくる。

「ニュースを見ていないんですか？」

囁き声で杉山さんが言う。

苛立ちさえ感じさせる声だった。

『あじろ』の奥の天井付近には小型テレビが据えられているが、営業中は音声がオフにされている。余程のことがない限り、ただ映像を流しているだけの飾りみたいなテレビだ。

「真由美ちゃんがね……」

手で口元を隠しながら杉山さんがさらに声をひそめた。

自然と私たち、パパもママもガンちゃんも、杉山さんに対して身を乗り出す格好になってしまう。

「死体で発見されたんですよ」

「なんだってッ。てめえ、いい加減なことをぬかすとタダじゃおかねぇぞ」

パパが杉山さんを威嚇するように袖を捲《まく》り上げた。

店内には私たちのほかに四、五人の客がいたが、みんながギョッとした顔を一斉にパパに向けるくらいの大声だった。

「おい、暖簾を仕舞え。今日は臨時休業だ」

パパがママに早口で言う。

「みなさんすみません。申し訳ございませんが、本日は閉店とさせて頂きます。ちょっと取り込み事がありまして、本当に申し訳ございません」

さすがにママは心得ている。

よく通る声で店内の客に詫びを言った。

さっきのパパの怒声でただ事でない事態が起こっていると察したのだろう、文句を口にする客はひとりもいなかった。

そそくさとグラスを空にし、ママがカウンター越しに差し出した伝票に従って料金を支払い、十分と掛からずに、『あじろ』の店内から客がいなくなった。

その間に私も暖簾を仕舞い赤提灯も消した。

ママは一人ひとりに頭を下げながら、最後の客を見送って、ガラス戸を閉め切った。

パパが奥の照明以外を消し、カウンターの中に折り畳み椅子を開き、それに腰掛けて腕と足を組んだ。

「さ、詳しく話してもらおうじゃねぇか」

ハイライトを咥えて百円ライターで火を点けた。

「僕も直接取材に関わっているわけではないので報道以上のことは知らないんですが、今日の夕方に速報が出たんです」

無理もない。杉山さんは経営企画局のお偉いさんなんだもの。

「どんな報道だったのか、内容をかいつまんで教えて下さいませんか？」

パパが怒鳴る前にフォローを入れた。

「昨日の夕方、むしろ昼過ぎだったかな」

「そんなコマけぇことはどうでもいいよ。こちとら、真由美がどうなったんか知りてぇんだ」

「ハイキング帰りの人が、奥多摩の林の中で死体を見付けたんです」

「それが真由美だったてぇわけか？」

「所持品から、台東区花川戸二丁目に住む埜原真由美さんだと判明したそうです」

「自殺か他殺か、どっちなんだッ。それとも事故死かよッ」

「後頭部を殴打された痕跡と、絞殺痕があったことから、警察は他殺の線で捜査を進めているようです」

「コウサツコン?」と、パパ。

「紐状のものを二重巻きにして絞め殺したというのが、警察の見立てです」

「ひでぇことをしやがって」

パパが忌々し気に短くなったハイライトを床に吐き捨てた。

ママがそっとそれを拾ってアルミの灰皿で揉み消した。

ガラス戸が開く音がした。

「今日は臨時閉店――」

振り向いて言い掛けたパパが言葉を詰まらせた。

入り口に立っているのは小林さんだった。

「この雰囲気だと、みなさん真由美さんのことはご存じなようですね」

店奥に歩を進めながら言った。

「小林さんの出版社でも情報を摑んでいるんだね」と、杉山さんが確認した。

「まあね。ウチの週刊誌の連中が騒いでいるよ」

「どうして騒いでいるんですか?」

不思議に感じて私は質問した。

小林さんは大手出版社の文芸部部長さんなのだ。大手出版社の週刊誌部門が騒ぐような事件なのだろうか？

「だってそうだろ？　パパ活を斡旋していたかも知れない。もしかして家出娘への淫行をネタにして、恐喝していたかも知れない。その真由美さんが殺されたんだよ。これほど現代の写し絵的な事件はないよね。週刊誌の連中がざわつくのも当然じゃない」

「ちょっと待ったッ」

杉山さんが口を挟んだ。

「真由美さんがパパ活を斡旋していたとか、家出娘への淫行をネタに恐喝していたかも知れないなんて情報は報じられていない。警察も未だ摑んでないと思うけどな」

「あ、いや、それは……」

「もしかして……」

狼狽する小林さんに杉山さんが疑いの目を向けた。

「その情報提供者は小林さんじゃないの？」

「口が滑ったな。僕の悪い癖だ」

小林さんが頭を掻いて杉山さんの指摘を認めた。

「いいよ、いいよ。僕の社でもね、なにか事件に裏がありそうだからワイドショーで特集を組もうかと動き始めているんだ。どうせならお互い連携しようよ」

「だね。ウチの週刊誌の連中にも伝えとくよ。お互いに情報交換しようよ」

とんでもない相談が進んでいる――

気付いたのだが、今まで杉山さんも小林さんも、真由美ちゃんのことをちゃん付けで喋っていた。それが今ではさん付けに変わっている。

この二人にとって、真由美ちゃんは単なる素材になってしまったのだろうか――

嫌悪と憤りが私の胸に湧き起こったのは当然のことだ。

「お二人とも不謹慎じゃないですかッ」

思わず声を荒らげてしまった。

「不謹慎?」

杉山さんが首を傾げた。

「だって真由美ちゃんは殺されたんですよ。それがネタになるとか、特集だとか。自分たちの知り合いが酷い目に遭っているのに、よくそんなことが言えますね」

「それが僕らの仕事なんだから仕方がないじゃない」

小林さんが薄ら笑いを浮かべて言う。

「オメェらは真由美の件から手を引いただろう。今夜は閉店してんだ。単なる客のオメェらがいていいとこじゃねえんだ。とっとと帰んなよ」

パパが私を援護してくれた。

でも、いつもと違い力弱い気がする。

「ところでよ」

パパが帰れと言った杉山さんと小林さんに語り掛けた。

「俺たち三人は、先週の土曜日に真由美のマンションを訪ねてよ、不在だったんで消息を知らねぇかと管理会社にも行ったんだが、拙《まず》かったかな」

そうかパパの言葉が力弱く感じたのは、その不安があったからなのか。

「先走りましたね。容疑者とか重要参考人とかというのではなくても、参考人として警察の事情聴取を受けることは避けられないでしょうね」

杉山さんが、どこか嬉しそうに言って言葉を続けた。

「ご安心ください。ウチの社にはそのあたりのことに詳しい顧問弁護士もいますから、なにかとお力になれると思いますよ」

「ウチにもいますよ。遠慮なく相談して下さい」と、小林さんも嬉しそうだ。

「ただし」と、杉山さん。

「そう。ただしです」と、小林さん。

二人が顔を見合わせて、小林さんが杉山さんに譲った。

「パパ活の斡旋の話とか、淫行をネタに恐喝していたことは喋ってないでしょうね」

「ああ、そこまでは言ってねぇよ」

「だったら、警察の事情聴取があっても、その件は伏せておいてもらえますか。ただ単に、馴染みの若い女性客が来なくなったので、心配して、様子を見に行っただけだと言ってくれませんか」

「どのみち、もしそれが本当なら、いずれは警察もそこに辿り着くでしょうが、現時点で僕らが持っているアドバンテージを他の会社に抜かれたくはありませんからね」

小林さんが杉山さんに追従して、二人は互いの言葉を確認するように頷き合った。

「その代わりといってはなんですが、僕たち二人も皆さんの仲間に戻して欲しいですね。これからはお互いに包み隠さず、情報を共有しましょうよ」

猫撫で声で小林さんがパパに言う。

「まぁ、それでもいいけど」

「パパ、本当にいいんですかッ。この人たちが独自に得た情報を共有してくれるはずなんてないんです。いいように使われるだけになりますよ」

「おいおい、それはあんまりの言い様だな」

杉山さんが異議を挟んだ。

「だいたいがさ、和歌子さん、あちこち、このあたりの店を聞き込んだって自慢げに喋っていたけど、あの程度の情報、警察に殺人事件の捜査本部が立ち上がって、百人態勢とかで捜査関係者が動き出したら、簡単に集まってしまう。いやそれどころか、もしアンタが言うように、真由美さんに群がっていた男たちがいたとしたら、それは残念ながら僕らもそうだけど、全員を警察は調べ上げるよ」

「それだけじゃない。もともとこの案件を、持ち込んできたのは和歌子さんだよね」

小林さんが付け加えた。

「不穏な投書があったとかでさ」

「それは本当にあったんです。私にやましいところはありません」

「和歌ちゃん……」

不安げな声で私に語り掛けてきたのはママだった。

「アンタ、真由美ちゃんの向かいの部屋の男の人に名刺渡したよね」

「ええ、少しでも信用して欲しかったので……」

「それでなにか情報が得られたんだ？」

小馬鹿にするように小林さんが言った。

私がフリーライターとして雇われている出版社は、小林さんが文芸部部長を務める出版社に比べたらゴミみたいな会社かも知れないけど、小馬鹿にされる覚えはない。

「ええ、貴重な情報が得られましたよ」

鼻息荒く言ってやった。

「ひと月ほど前、真由美ちゃんの部屋から『出て行ってよッ』って言う叫び声が聞こえたそうです。もしかしてそれを言われた相手が犯人で、真由美ちゃんをストーキングしていた男だったかも知れないでしょ」

「相手は男だったの?」と、杉山さん。

「いいえ、相手の声は聞こえなかったそうですから、男性か女性かは分からなかったそうです」

「ちょっと拙いね」と、杉山さん。

「うん、ちょっとどころではなく拙いね」

小林さんも同意する。

「意味が分かりませんけど」

「だってそうじゃない」

小林さんが言葉を返した。

「相手が男だったと決め付けているみたいだけど、そうとは考えられないじゃん」

「むしろ女性だったと考えるほうが自然だよね」

杉山さんが言った。

「自然？　どういうことなんでしょ？」

「もしもだよ。その相手が真由美さんをストーキングしていた男だとして、そんな人物を、真由美さんが易々とは部屋に招き入れないでしょ」

「淫行をネタに恐喝していた相手かも知れないじゃないですか。示談の交渉で部屋に入れたと考えられなくもないでしょ」

真由美ちゃんがそんな悪事を働いていたとは思いたくないが、私は自分の身に迫るかも知れない凶事に頭がグルグルしていた。

身に迫る凶事とは目の前の二人ではない。

私は三〇四号室の男性に名刺を渡してしまった。

その男性から得た証言は当然警察も得るだろう。

パパの勢いに身構えた三〇四号室の男性の態度を解《ほぐ》すために、ママが真由美ちゃんの親族だと、とっさの思い付きで嘘も吐いた。

それが嘘だったと、警察が調べれば簡単に分かってしまう。

どうしてそんな嘘まで吐いたのか、警察は私達に興味を持つに違いない。

あれこれと警察に調べられることを考えると、私が憂鬱になるのは当然だ。

「淫行をネタに恐喝していた相手かも知れないというのは、どうかな？　だったらもっとオープンな席で交渉するんじゃないかな」

杉山さんが私をさらに不安にすることを言った。

「ですよね」

小林さんが同意して続けた。

「やはり、女性だったと考えるほうが自然だと思うよ。それも顔馴染みの女性だとね」

「そうだよね」

杉山さんも同意する。

「真由美さんは鈍器で殴られ、紐かなにかで首を絞められて殺された。女性でも不可能とは言えない犯行だよね」

私にではなく小林さんに同意を求めた。

「そうそれ」

「もしかして、お二人は私を疑っているんですか？」

「和歌子さんだけじゃないよ」

だけじゃない？

ずいぶんと微妙な言い方をしてくれる。どうして疑っていないと否定してくれないんだ。

「真由美さんは、どの店でも人気のある女の子だった。それを妬んで、彼女の殺害に至ったという可能性も考えるよね」

「つまり犯人は――」

会話に割り込んできたのは、それまで黙って三人の話を聞いていたガンちゃんだった。

「もちろん可能性としてですが、『あじろ』を含めて真由美さんがよく訪れるお店の女性客が、真由美さんをやっかんだ。そして部屋に上げたことから真由美さんの顔馴染みだった可能性もあるということなんですね」

「否定はできないという程度だけど――」

ガンちゃんに頷いた小林さんが私に視線を向けた。

「そもそも、真由美さんがパパ活を斡旋していたとか、淫行をネタに恐喝していたとか、その情報を、『あじろ』の常連客である僕らにもたらしてくれたのは、和歌子さんだよね」

「そういう投書があったと言っただけです」

「投書の情報を警察が摑めば、こうも考えるんじゃないかな」

杉山さんが言った。

「その投書の内容は捏造《ねつぞう》で、真由美さんの人気に嫉妬した和歌子さんが、『あじろ』でアイドル化した真由美さんを取り囲む男たちを遠ざけるためにしたミスリードだったんだって」

「完全に私を犯人扱いしているじゃないですかッ」

「そうだよ。和歌子がそんなことをするわけがねぇじゃねぇか」

パパも援護してくれるが、やっぱり声に力がない。

ひょっとしたらと思い掛けているんだろうか――

「和歌子さんを犯人扱いしているわけじゃないですよ。警察がそう考える可能性について論じているだけですよ」

片や杉山さんの声には余裕すら感じる。

「そもそも、僕や杉山さんを含め、誰も知らなかった真由美さんのマンションをどうやって調べたんですか？」

小林さんの問い掛けに、パパもママも、私との約束を守ってリンさんのことは口にしない。

「僕はオヤジさんから電話があって、住所が分かったから東武浅草駅北口集合とだけ言われました」

ガンちゃんが他意もなくポロリと言った。

「オヤジさんは誰から聞いたんですか？　確か知らないと最初に言っていましたよね」

「そいつは言えねぇ。観音様に誓って言えねぇんだ」

断定したパパが私に視線を向ける。

その視線の先を追い、小林さんが、なにかを納得したような顔をする。

「それじゃぁ訊きませんが、警察を相手にそんな供述は通らないですよ」

「黙秘権てぇのがあるんじゃねぇか」

「黙秘権なんて言葉を使わない方がいいですよ。却って警察の心証を悪くするだけですよ」

小林さんが宥めるようにパパに言う。

「そのあたりのことも、警察が調べれば、いずれは分かることでしょうけどね」

リンさんの顔が浮かぶ。同時に美雪ママの顔も浮かぶ。

『クラブM』は違法営業をしているのだから、美雪ママは誰よりも警察の関与を嫌うだろう。

早めに事件の全容を教えてあげたほうが良いわね？

迷いではなく、確信として私はそう考える。

いずれにしても真由美ちゃんが『クラブM』に勤めていたことも、捜査の過程で明るみに出るに違いない。だったら真由美ちゃんが殺人事件の被害者になったことを今夜にでも報せ、心の準備をしていてもらったほうが良いだろう。

「和歌子さんが犯人でないことを僕らは祈りますよ」

小林さんが杉山さんに言う。

「そうですよね。僕も祈りますよ」

祈るという言い方は微妙な気もするが、とりあえずのところ、二人は私の無実を祈ってくれているのだ。

思わず感謝の言葉が出掛かったけど、違った。

違ったどころの話ではなかった。

「だって真由美さん殺しの犯人の動機が、パパ活の斡旋疑惑とかじゃなくて、ましてや淫行をネタに恐喝していたからじゃなくて、立ち飲み屋のマドンナ争いの果てだなんて、特集にもなりませんもんね」

「だよね、埋め草記事にもならないですよ」

杉山さんが言って小林さんが同意した。

この人らは鬼畜だッ。

フリーライターとはいえ、曲がりなりにもマスコミの末席も末席に身を置く私だ。発行部数とか視聴率に躍起になる気持ちが分からないでもないが、それにしてもそのネタは真由美ちゃんに関わることなのだ。こんな風に話題にしていいとは思えない。

それにしてもパパ――

そしてママ――

どうしちゃったのよ？

あんなに可愛がっていた真由美ちゃんがネタにされているんだよ！

一発かましてやってよッ！

「僕らは連絡を密にしましょう」

杉山さんが小林さんに声を掛けた。

「そうですね。ウチの部ではノンフィクションを書く作家も担当しているんです。その作家さんにも取り上げてもらえる題材になればいいんですけど。それじゃ、皆さんも、取材にご協力お願いしますよ」

「僕たちもこれから、取材とか撮影とかで忙しくなるかも知れませんからね」

それぞれに言い残して『あじろ』を去ってしまった。

残された私とパパとママ、そしてガンちゃんはしばらくの間、ボンヤリとしているだけだった。

沈黙を破ったのはパパの呟きだった。

「和歌子、オメェはやってないよな」

宙に目を泳がせて言った。

「なにをバカなことを言ってるんだよ」

そう言ったママの目も泳いでいる。

「誓います。観音様にでもなんにでも誓います。私を信じて下さい」

きっぱりと言い切った。

「よしそれを聞けば十分だ。和歌子は俺たちの娘も同然なんだ。親が娘を信じられなくてどうすんだよ」

パパもキッパリと言ってくれた。

「和歌ちゃん、心配しないでいいよ。アタシらはいつもアンタの味方だからね」

ママも力強く言ってくれた。

「僕だって――」

ガンちゃんの言葉が続かない。語尾があやふやになってしまう。

「私、『クラブM』に行ってきます」

ガンちゃんは置いといてパパとママに宣言した。

「なにをしに行くんだよ?」

「真由美ちゃんのことで、いずれは捜査の手が『クラブM』にも伸びるでしょう。今の内に、心構えをしておいたほうが良いですから」

「でも、未だ早くないかい？」

ママに言われて時計を確認した。

午後九時にもなっていない。

「そうですね。未だ『あじろ』の閉店時間でもないですね。でも『スナック美雪』なら、やっている時間ですし……」

「やっていたとしても、営業時間中は忙しいだろ。それにリンの野郎も店長で勤めているんだろ。アイツを巻き込まないほうが良いんじゃねえか」

パパの言うとおりだ。

いずれリンさんにも、真由美ちゃんのことを伝える必要があるだろうけど、できれば美雪ママとは別のほうがいいだろう。

「リンさんがどうかしたんですか？」

「どうもしねえよ」

パパがひと言でガンちゃんの口を封じた。ガンちゃんは真由美ちゃんの住所を教えてくれたのがリンさんだとは知らない。

「それより、いきなりの臨時休業だ。未だ煮込み鍋が半分にもなっちゃいねぇ。とは言っても、いまさら営業を再開する気にもなれねぇ。今夜は無料の食べ放題にしてやるから、煮込みを食って行きなよ」

「そうだね。それがいいよ」

「ただし飲みもんの勘定は頂くぜ」

「アンタしっかりしているね」

「グダグダ言わずに、コイツらの飲みもん用意してやりな」

「ハイハイ、心得たよ」

「ハイは一回でいいんだよ。ついでだ。俺たちの飲みもんも用意しな」

そんな会話があって、ママが私たちの飲み物、私にはライムハイを、ガンちゃんには生ビールが用意された。

小皿二つ、溢れんばかりに山盛りにされたモツ煮込みも、パパが運んで奥のテーブルに置いてくれた。

「こっちへ来いよ。今夜は真由美の弔い酒だ」

「だったら酒代もタダにしてやりなよ」

「分かっているよ。端から勘定なんぞもらう気はなかったさ」

パパとママの会話があって、私たち四人による真由美ちゃんを偲ぶ会が始まった。

あまり盛り上がらない、それでいて杯ばかり重ねる偲ぶ会は、いつもの『あじろ』の閉店時間である午後九時に終わった。

その足で私は『クラブM』へ向かった。

午後十時が開店時間の『クラブM』だが、美雪ママは既に来ていた。

「どしたの？　未だ開店前だよ」

「ちょっとお話があって参りました」

「だったら、ちょっと待ってよ。今からワタシ変身するから」

そう言ってジャージ姿、スッピンの美雪ママが奥へと消えた。

私はカウンター席で美雪ママを待った。

ジャージ姿でお化粧もしていなかったので『スナック美雪』はヒマだったのだろう。

実のところ、そんな姿の美雪ママを目にするのは初めてで、言葉は悪いが、そのあたりの地味なオバサンにしか見えない。

「お待たせしたね」

美雪ママが姿を現した。

思わず声を上げそうになったほど、その姿は様変わりしていた。

様変わりといっても、いつもの見慣れた美雪ママなのだが。

変身するから――

奥に消える前に美雪ママが残した言葉がよみがえった。

確かに変身だ。

その姿にはオーラさえ感じる。

しかも――

美雪ママが奥に消えたのは時間にして五分くらいだ。

それも私の驚きのひとつだった。

まるで魔法を見せられたような気持ちにさせられた。

「どうしたの?」

驚いているばかりの私に美雪ママが首を傾げた。

「いえ、あまりに変身が突然だったので……」

「驚いたでしょ。でもこれくらいできないと、急に男とホテルには行けないよ。ことの後でスッピンで出るわけにもいかないでしょ」

そう言って嫣然《えんぜん》と微笑んだ。

「それで話ってなによ?」

我に返って美雪ママに告げた。

「実は真由美ちゃん、死んだんです」

「え、なに、それ!」

「殺されていて……奥多摩で死体が見つかったんです」

「それで無断欠勤していたのね」

ちょっとピントがずれているんじゃないでしょうか——

「困ったね。チーママの手配をしないと。和歌子どう?」

「いやそんな話じゃなくて、真由美ちゃん殺されたんですよ」

「だから死んだんでしょ。代わりのチーママが要るじゃない」

「警察が動きます」

「どうしてよ?」

「殺人事件なんですから当然でしょ」

「それがウチに関係あるの?」

そうか——

自分の説明が不足していたことに気付いた。

「まだ犯人は見付かっていないんです」

「え、そうなの。そういうことなの？」

「ですから『クラブM』も捜査対象になる可能性があるんです」

「マユミがウチに勤めていたこと、警察は知っているのかしら」

「徹底的に調べますよ。真由美ちゃんのスマホの履歴とか、この店が真由美ちゃんに発行した給与明細とか、これも」

と言って私は、カウンターの隅に並べて立てられていた『クラブM』のライターを指さした。百円ライターと変わらないが、かなりオシャレにデザインされている。

「そのライター、マユミも、絶対持っているよ」

「真由美ちゃん、タバコを吸わないいんじゃないですか」

「吸わないけど持っているよ。同伴した時とかアフターに要るでしょ」

なるほど――

「間違いなく『クラブM』にも警察が来ますよ」

「いつ来るの？」

「死体が見つかったのが昨日ですから、今夜ということはないかも知れませんが、絶対にとは言い切れません」

「だったらウチ、今日は深夜営業できないじゃない」

「やめたほうが良いですね。仮に系列のガールズバーの女の子が報せて営業していないことにしても、店内に人の気配があれば、警察が一般のお客さんみたいに諦めることはないですから」

「困るよ。どうしてくれるのよ」

どうも美雪ママは私のことを責めているようだが、私を責めてどうなる問題でもない。

それに新橋駅前交番は、警視庁の数ある交番の中でもトップクラスの評価を得ている交番なのだ。『クラブM』の違法営業など、とっくの昔に把握している可能性もある。

ある程度自由に泳がせておいて、管轄する愛宕警察署のお偉いさんの転勤のタイミングで、点数稼ぎの取り締まりを強化するということもあり得るだろう。

だが、殺人事件は重要案件なので、被害者である真由美ちゃんが違法営業をやっている『クラブM』に勤めていたと知ったら、いの一番に、お巡りさんを伴った刑事さんがなだれ込んでくるに違いない。

「とにかく深夜営業は控えることです。これは美雪ママのことを思ってのアドバイスだと考えて下さい」

それだけを告げて私はカウンター席から立ち上がった。

しかし他人のことを心配している場合ではなかった。

その二日後の昼過ぎに、ライターをさせてもらっている雑誌の編集部から私のスマホに連絡があったのだ。

「警察の人が会いたいって言っているんだけど。社に来れる？　急ぎの取材は入ってなかったよね」

「急いで行きます」

そう答えて私は慌ただしく自宅を出た。


二人の刑事さんと社の応接室で面会した。任意同行まで覚悟していた私は、第二応接室で話していいと言った編集長の言葉にホッとした。

「埜原真由美さんはご存じですね」

テレビドラマでよく見るような若い刑事さんと、ベテランぽい年配の刑事さんだった。

私に質問したのは若い刑事さんだった。

「よく知っています」

正直に、そして短く答えた。

訊かれたこと以外のことは口にしない。

そう決めていた私だった。

「埜原真由美さんとはどういうご関係なのでしょうか？」

「友人です」

「友人といってもいろいろありますが。同級生だったとか、趣味で繋がったとか」

「いわゆる飲み友達です」

「よく一緒に飲みに行かれたのですか？」

じわじわと質問攻めにされる。

「ええ、行き付けのお店が一緒だったものですから」

「どちらの店でしょ？」

「新橋にあるお店です」

「新橋のお店ね」

手帳を出してペンを構えているが、なにも書いてはいない。

「新橋の何というお店なんですか？」

「『あじろ』というお店です」

どうせそれくらいのことは調べているか、いずれはバレるのだろうと諦めて『あじろ』と答えてしまった。

「どんな字を書くのでしょう?　網の代でよろしいですか?」

「いえ、ひらがなで『あじろ』です」

若い刑事が初めてペンを動かした。

「新橋のどこにあるのでしょうか?」

「正確な住所は知りませんが、通称パチンコ通りと呼ばれる通りにあるお店です」

またペンを動かした。

「その『あじろ』で埜原真由美さんとお知り合いになられたのですね」

「そうです」

若い刑事さんに代わって年配の刑事さんから質問された。

「アナタは先週の土曜日十四時前に埜原真由美さんの部屋を訪れていますね」

やはりその線か――

「ええ、訪れました」

「どういう理由で行かれたのでしょうか?」

「真由美ちゃんが『あじろ』に来なくなって、心配して様子を見に行ったんです」

「ただの飲み友達が姿を見せなくなって、それを心配して、わざわざアナタは埜原真由美さんの自宅を訪ねたのでしょうか?」

「それがなにか?」

「いえ、ただの飲み友達としては、ずいぶんお友達思いなんですね」

「いけませんでしょうか?」

「その時アナタは三人の男女を伴っておられた」

私の質問に答えずに年配の刑事が言った。

「どういうご関係の方でしょうか?」

訊いたのは若い刑事さんだった。

「私と同じように真由美ちゃんのことを心配した人たちでした」

「ご高齢の男女の方と三十代の男性だったようですね」と、年配の刑事さん。

「アナタと同じ飲み友達なんでしょうか?」と、若い刑事さん。

「ええ、そのような人たちです」

「そのような?」

年配の刑事さんが目を細める。

「アナタはその内のひとりを、ご高齢の女性を、埜原真由美さんの親族だと言われませんでしたか?」

「ええ、申しました」

「おかしいですね。私たちが調べた範囲では、埜原真由美さんにそのような親族の方はいらっしゃらなかった」

年配の刑事さんが言った。

こうやって私は徐々に追い詰められて、パパとママのこと、そしてガンちゃんのことを吐いてしまった。


刑事さんが帰った後で、私は編集長から会議室に呼び戻された。

「早まったことをしてくれたね」

不機嫌さを隠さずに言われた。

「すみません」

深々と頭を下げて謝るしかなかった。

編集長はソファーに座ったままで私には着席も勧めてくれない。

「キミはライターだよね。編集者じゃない。それは心得ているよね」

「ええ、心得ています」

「だったらどうして、投書でタレコミがあった相手を編集部の許可もなく取材しようとしたんだね」

「いや、あれは取材じゃなくて……」

弁解し掛けたところで疑念が湧いた。

「私が訪ねた相手が、投書でタレコミがあった埜原真由美さんだってどうして知っているんですか？」

「刑事さんから名前を聞かされて、その投書を扱った編集者が覚えていてね」

ネットからの投書主を特定するために会社のパソコンも証拠品として押収されるらしい。

「令状を持った捜査官がすぐに来ることになっているんだ」

忌々し気に編集長が言って続けた。

「それまでデータの消去とか、一切手を触れないように念を押されている。ま、消去したところで、復元ソフトを使われたらそれまでだけどね」

完全に葬るためにはドリルでハードディスクを破壊するしかないだろう、と言って苦笑いした。

「もちろん、そんなことができるはずもないけどね」

編集長が真顔に戻った。

「しかしキミも分かっていると思うが、タレコミはあの件だけじゃないし、パソコンにはいろんなデータが入っている。警察が興味を示すかも知れない案件もないわけじゃない。もしそんなことになれば、実話雑誌のウチとしてはどれだけの損失を被ることになるか、キミにだって想像できるよね」

「ええ、それは……」

「さらに言えばだ」

未だあるの？

私はその段階で最悪、職を失うことも考えていた。

もしそうなれば、美雪ママの店でチーママをすることになるかも知れないと覚悟していたのだ。

「警察はキミを疑っている節もあるんだ」

「え、私を？」

「被害者は鈍器で頭を殴られて昏倒しているところを絞殺されたんだ。容疑者が男性だとは限らないだろう」

私もその可能性を考えていた。

しかしそれは、パパ活の強要や淫行恐喝のネタにされた女子を想定しての考えだった。

真由美ちゃんが、ひとり暮らしの部屋に招き入れた相手が女性だったと考えた方が自然ではないか、そう推理したのは私だ。まさかその推理の延長線上に自分が置かれるとは考えてもいなかった。

どの店でもアイドル扱いされる真由美ちゃんに嫉妬した女の犯行かも知れないというのは小林さんと杉山さんの推理だったが、私は内心で同意していたのだ。

「とにかくだ。キミには今の仕事を降りてもらうしかない」

「やっぱりクビなんですか?」

「いくらフリーのライターだといっても、そんな簡単に契約を打ち切ったりしないよ」

編集長が苦笑いする。

「それにキミはベテランだし仕事も評価しているんだ」

ホッと胸を撫で下ろす間もなく編集長が言った。

「ただしキミに担当してもらっている企業案件からは降りてもらう必要がある」

どうしてなんですか? と、問い質すまでもなく私は編集長の言い分に納得した。企業案件の担当者が殺人犯、あるいは容疑者、たとえ重要参考人だったとしても、会社としては好ましくないだろう。

「新しい担当はどうなるんでしょ?」

「とりあえず、キミには取材班に移ってもらおうと思っているんだ」

取材班が主に担当するのは芸能記事だ。

「それは私がギャル雑誌のライターをしていたことと関係があるんでしょうか?」

「いや、それは違うな。主にアイドルや女優を扱う班だよ」

「アイドルの提灯記事やゴシップを書く仕事なんですね」

別に皮肉で言ったわけではない。

今までの企業案件だって、提灯記事を書く仕事だったのだから、そのことに心理的な抵抗が私にあるわけではない。

でも――

「私も年齢が年齢ですから、今の芸能人なんてぜんぜん知らないですよ」

「そこは心配しなくてもいいよ。どのあたりがセールスポイントなのか、編集者から指示があるからね」

「要するに根も葉もない噂を書き飛ばす仕事なんですね」

今度は皮肉を込めて言った。

企業案件のライターをしていた私だが、一応は現地に赴き取材もしたし、その取材に基づいて書いた記事も署名記事だったのだ。

それが今後は署名もなく相手のいいなりの記事を書くことになるのだ。

皮肉のひとつも口にしたくなる。

「ひねたことを言うなよ。これでも気を遣っているんだぜ。一文字幾らのライターの仕事でも、それをなくすと生活が大変だろうと思ってさ」

「ありがとうございます」

素直に頭を下げるしかなかった。

「とりあえず来月分までは決まっているから、来月の中旬までに企業案件の仕事を終えて、その先は担当を代わってくれないか」

ということは――

編集長の話を聞きながら、ボンヤリと考え込んだ。

もう地方出張の仕事はなくなるんだ――

地方の美味しいものを食べたり、お土産物を買ったり――

たいして高いものを買ったわけではないけど、私の記事を楽しみにしてくれて、お土産を喜んでくれたママの顔が浮かんだ。

そうだ。『あじろ』に行かなくちゃ――

時計を確認すると午後五時を回るところだった。

あの刑事さん二人は、私の聴取を終えた後、『あじろ』に行っているのに違いない。

編集長との話を終えて、私は『あじろ』へと急いだ。

刑事さんが行くかも知れないと電話すべきかとも考えたが、もうすでに行っているだろう。


到着したのは六時前だった。

「和歌ちゃん待ってたよ」

「おう、来やがったな」

ママとパパがそれぞれの言葉で私を迎えてくれた。

パパの口調が乱暴なのはいつものことだ。

二人の顔を見て安堵した直後、私の顔が強張った。

カウンターの奥の席に、沈鬱な空気を漂わす杉山さんと小林さんがいたのだ。

小林さんに手招きされた。

なにがどうというのではなく、このタイミングでいちばん会いたくない二人だったが、まさか無視するわけにもいかないので、渋々店の奥へと足を運んだ。

「いやぁ参っちゃったよね」

小林さんが大袈裟に頭を掻きながら杉山さんに同意を求めた。

「だよね。僕らまで取り調べを受けるとは思わなかったよ」

「お二人が取り調べを受けたんですか?」

「そんな大袈裟なものじゃないよ」

言いながらママが私の前にライムハイを置いてくれた。

「酷いな。もともとはママがいけないんじゃないですか」

抗議する口調で言った小林さんに杉山さんが同調した。

「そうですよ。刑事さんに僕たち二人が真由美ちゃんと仲良しだったなんて言うんだもん」

「あら、仲良しだったんじゃなかったっけ？」

「それはまぁ……」

「刑事さん、やっぱり来たんですか？」

バツが悪そうにしている杉山さんを無視してママに確認した。

「来たよ。小一時間ほどあれこれ訊かれた程度だけどね」

「すみません。私が『あじろ』で真由美ちゃんと知り合ったって言ったものですから……」

「構やしないよ。嘘じゃないし。どのみちここのことはバレるだろうしね」

「そうだよ和歌子。気にするんじゃねぇよ」

焼き上がった串を小林さんと杉山さんの前に置いたパパが言ってくれた。

そのパパが焼き場に戻るのを待って小林さんが言った。

「それはどうかな。僕は気にした方が良いと思うけどな」

「ですよね」

杉山さんが串に齧り付きながら頷いた。

「どういう意味ですか？」

二人を睨み付けてやった。

「だってね」

「そうですよね」

目を見交わした二人が思わせぶりに言った。

「なんだよ。奥歯に物が挟まったような言い方するんじゃないよ」

ママが文句を言った。

「でも本人を前にしたら……」

「だからなんなんだよ」

「それならハッキリ言いますけど、刑事さんたち、どうやら和歌子さんを疑っているようでしたよね」

「うん、僕もそれを感じた」

小林さんが言って杉山さんが同調する。

どうやら今夜の役割分担はそう決まっているようだ。

「ま、『あじろ』に限らず他の店も迷惑だよね」

「他の店ってどこなんですか？」

意味が分からないことを言う小林さんに質した。

「だからさ、和歌子さんが調査をしたっていう三店舗だよ」

「私、その三つのお店のこととか調査をしたことなんて刑事さんに喋っていませんけど」

小林さんが明らかに「しまった」という顔をした。

「お二人が刑事さんに喋ったんですね」

「仕方がないじゃん。遠からずバレることだもん。警察の捜査に協力するのは市民としての務めだと思うけどな」

居直る小林さんに杉山さんが頷いて言った。

「そろそろ他の店での警察の聞き込みも終わっている頃じゃないですか？」

小林さんが腕時計を確認した。

「そうだね。それじゃ、取材に行きますか」

アルマイト皿の串を片付け、グラスを飲み干した二人がお勘定をして、そそくさと『あじろ』を後にした。

「ハイエナみたいな連中だね」

二人の背中を見送りながらママがいった。

「和歌ちゃんが来る前にさ、あの二人言っていたんだよ。警察の聞き込みが終わった直後なら動揺しているだろうから、店の人間も口が軽くなるだろうってね」

「そんなことより私が『あじろ』の名前を出してしまって申し訳ありませんでした」

ママに深々と頭を下げた。

「良いって言っているじゃない。ウチの亭主もそんなことを気にしていないよ」

「何時頃きたんですか？」

「開店前だったから大丈夫だよ。それにさ」

ママが思い出し笑いをした。

「開店と同時にあの二人が入って来て、あとは二人に刑事さんの相手を任せたから、ずいぶん楽なもんだったよ」

少しの間思い出し笑いしたママが真顔になった。

「それより和歌ちゃんは大丈夫だったのかい」

訊かれて私も真顔になった。

「担当替えになりました」

「クビにはならなかったんだね」

「ええ、それはなんとか免れましたけど、企業案件からは外されて……」

これからは署名記事を読んでもらうこともできない、地方のお土産を持って来ることもできない、それを申し訳なく思うとママに告げた。

「かなり落ち込んでいるようだね」

ママが私の気持ちを察してくれた。

「ええ、今までの仕事を楽しんでやれていましたから……」

「よし分かった。今度の日曜日空いているかい？」

「ええ、日曜日でしたら」

「毎週休みの日にはウチらの子たちも一緒に家族で寿司屋に行くんだ。賑やかになるから、和歌ちゃんを励ます会をしてやろうじゃない」

「寿司屋ってあの？」

「そう、ウチがゲソの柔らか煮を仕入れている寿司屋だよ」

「ご家族の集まりに私が参加してもいいんですか？」

「なにを言っているんだい。和歌ちゃんだって家族みたいなもんじゃないか」

私の肩にママが励ましの手を置いて、次の日曜日、浅草のお寿司屋さんでの待ち合わせが決まった。

約束の日曜日、私は浅草へと向かった。

浅草中央通りにある『金太郎寿司』は、雷門から歩いて五分と掛からないお店だった。

待ち合わせ時間の十一時半の三十分前に着いた私は、店前でママたちの到着を待った。

そのうち開店時間になり、若いお兄さんが『準備中』の木札を『営業中』に切り替えた。

「ご利用ですか？」

訊ねられたので、「ええ、ここで待ち合わせをしています」と、答えた。

「もしかして山部《やまべ》さんでしょうか？」

「はいそうですけど」

「大口《おおぐち》さんからうかがっております。どうぞお入りください」

大口というのはパパの苗字だ。

店内に入り、体温計とアルコールスプレーが一体化した機械に手を翳した私が案内されたのは、いちばん奥の小上がりの席だった。低いテーブルが三つ並べられていて、座布団は八枚も用意されていた。

家族の集まりなの？

その数の多さに一瞬躊躇した私だったが、大口という名前はそれほど多くある名前でもないだろう。

端の席に腰を落ち着けた私に氷を入れた緑茶が江戸切子のグラスで配膳された。

「もうすぐお見えになりますから、少々お待ちください」

緑茶を配膳してくれた若い男の子ではなく、カウンターの中の男性が笑顔で言ってくれた。なかなかの体格で、坊主頭に捩り鉢巻きをしていた。いかにも寿司職人といった風情の男性がこの店の店長のようであった。

事前にネットで調べたところによると、『金太郎寿司』は東浅草の本店を始めとし、浅草だけで三店舗、他に都内や千葉、茨城を含め十数店舗を構える寿司屋チェーンだった。

いやチェーンという言い方はしっくりこない。

なにしろ創業が大正十三年という老舗で、全国寿司コンクールにおいて第一回から三十六年連続金賞という驚異的な成績を残している名店なのだ。

「おう、待たせたな」

入って来たのはパパだった。

後からママも続いた。

「ウチの子ら未だみたいね」

「お子さんたちも来られるんですか？」

「おうよ。長女と長男、その連れ合い、孫も来るぜ」

パパが上座にどっしりと腰を据えた。

ママが座ったのはひとつ空けた隣の座布団だった。

「和歌ちゃん、ここにお座りよ」

ママがパパの隣の席を勧めてくれた。

「でも、ご家族の方が……」

「詰まんねぇ遠慮するんじゃねぇよ。奴らは家族総出で来るんだ。広い場所を開けてやっていた方が良いんだからよ」

「それじゃ、遠慮なく」

私はパパとママの間に座った。

「とりあえず瓶ビールを三本ばかり頼むわ」

私が席を移るのに合わせてパパが言った。

あれ？

首を傾げた。

まえに『ひょうたんなべ』に行った時、生ビールを頼んだガンちゃんに「浅草で酒と言ったらホッピーだろう」と言ったのはパパじゃなかったかしら？

「細巻きも巻いてくれ」

「あいよ。ネタは如何いたしましょう？」

「そうだな、アナキュウと、エビキュウと、トロタクと、後は任せるぜ」

「少々お待ちを」

瓶ビールをこれも江戸切子の細いグラスに注ぎ、乾杯してから突き出しの酢の物で飲んでいると、捩り鉢巻きの、私が店長さんだと思った男性と同じように体格の良い男性が店内に姿を現した。

「よう、本部長、ゴチになってるよ」

「ご贔屓に、ありがとうございます」

そんな挨拶をパパと男性が交わした。

「ここは長いんですか？」

パパに訊いた。

「いや、以前は馬道店で、それから浅草橋店、不忍店と、あの本部長の後について転々としているんだよ」

パパが注文した細巻きが、寿司下駄に載せられて配膳された。

「食ってみな」

パパに勧められて割り箸を手にすると「手でいけよ」と、言われた。

「どれも旨ぇけど、アナキュウから行ってみろ」

素直に言葉に従った。

ひと口サイズに切り分けられたそれは、小ささを思わせないほど、ふっくらとした穴子だった。甘いタレも絶妙で、口中に穴子の滋味が広がった。

「美味しいです」

素直に感想を口にして、それからはパパに勧められるまま、遠慮なくエビキュウもトロタクも次から次へと食べた。

どれもが美味しかったのは言うまでもない。

食べながらビールの大瓶も一本空けた私にママが声を掛けてくれた。

「ビールじゃ物足りないでしょ。あいにくライムハイは無いけど、好きな飲み物頼みなよ」

「ありがとうございます」

「スダチならありますよ」

カウンターの中から声を掛けてくれたのは、さっきパパが本部長と呼んだ男性だった。入って来た時はTシャツ姿だったのだが、今では板前さんの格好をしている。捩り鉢巻きも様になっている。

「それじゃスダチのソーダ割りでお願いします」

「お酒の種類はどうしましょ？　やっぱり焼酎ですかね？」

「ええ、どんな種類があるんでしょう？」

「芋麦米とありますけど」

「できれば甲類があるといいんですが」

ダメもとで言ってみた。

甲類焼酎は安価な焼酎が多く、ホッピーに使われる焼酎も甲類だ。

本格焼酎と呼ばれる乙類焼酎のようにクセが無く、アルコール度数の低さもあって、呑んべえの私には二日酔いしにくい焼酎なのだが、こんなちゃんとした寿司店に置いてあるとも思えなかった。そういう意味でのダメもとだった。

「白玉でいいですか？」

「あるんですか？　ぜひそれでお願いします」

「白玉一丁ッ」

威勢の良い声で本部長が奥に注文した。

「へいッ」

玄関で出会った若い男の子と思える声がした。

「それと炭酸水と氷だ」

「グラスは幾つにしましょう？」

「ひとつでいいよ。それと瓶ビールのお代わりだ」

答えたのはパパだった。

「へいッ」

奥から返事があって、若い男の子が先ずは瓶ビール、それからグラスとアイスペールに満タンにした氷と白玉のボトルをお盆に載せて現れた。

「はい、こちらスダチね」

本部長がカウンターを出て、四つ切りにしたスダチをガラスの皿に盛って席まで届けてくれた。艶々としたスダチだった。

「徳島産のスダチですよ」

優しく語り掛けるように言う。

「ありがとうございます。細巻きとても美味しいです」

身体を捩じって本部長に声を掛けた。

「シャリの加減が難しいんだよ」

郵便はがき

料金受取人払郵便

牛込局承認

5517

差出有効期間
2025年6月
2日まで

162-8790

新宿区東五軒町3-28

㈱双葉社

文芸出版部 行

ご住所	〒		
お名前	(フリガナ)	☎	
		男・女・無回答	歳
メールアドレス			

ご購読ありがとうございます。下記の項目についてお答えください。ご記入いただきましたアンケートの内容は、よりよい本づくりの参考とさせていただきます。その他の目的では使用いたしません。また第三者には開示いたしませんので、ご協力をお願いいたします。

書名（　　　　　　　　　　　　　　　　）

●本書をお読みになってのご意見・ご感想をお書き下さい。

※お書き頂いたご意見·ご感想を本書の帯、広告等（文庫化の時を含む）に掲載してもよろしいですか?

1. はい　2. いいえ　3. 事前に連絡してほしい　4. 名前を掲載しなければよい

●ご購入の動機は？

1. 著者の作品が好きなので　2. タイトルにひかれて　3. 装丁にひかれて
4. 帯にひかれて　5. 書評・紹介記事を読んで　6. 作品のテーマに興味があったので
7.「小説推理」の連載を読んでいたので　8. 新聞・雑誌広告（　　　　　　　）

●本書の定価についてどう思いますか？

1. 高い　2. 安い　3. 妥当

●好きな作家を挙げてください。

（　　　　　　　　　　　　　　　　）

●最近読んで特に面白かった本のタイトルをお書き下さい。

（　　　　　　　　　　　　　　　　）

●定期購読新聞および定期購読雑誌をお教えください。

（　　　　　　　　　　　　　　　　）

横から口を挟んだのはパパだった。

「シャリが多過ぎたら巻き切れねぇ。少ないときれいな形にならねぇ。絶妙の量で巻くのも職人技よ」

自慢気に言っているわ——

私は頬が緩んでしまう。

パパとママのグラスにビールをお酌してから自分のグラスに氷を入れて、白玉を注ぎ入れた。炭酸水で割って、スダチを搾り、その搾りカスをグラスに放り込んでマドラーで混ぜた。

徹底的に酔っぱらってやる——

鼻息を荒くしてグラスを傾け、半分くらいを飲み干した。

「良い飲みっぷりじゃねぇか」

パパが喜んでくれた。

「思い切り飲めば良いからね」

ママも嬉しそうだ。

私は目頭が熱くなってしまう。

涙を零《こぼ》すまいとさらにグラスを傾けて空にし、氷をカランと鳴らした。

「お代わり作ってあげるね」

ママが私の手からグラスを取ってくれた。

もうダメ――

「トイレに行ってきます」

断って立ち上がり、ポーチをもってトイレへと向かった。

鍵を閉め、声を抑えて大泣きした。

哀しくて泣いたんじゃない。

パパとママの心遣いが嬉しくて泣いたんだ。

二人だって、真由美ちゃんの死に心を痛めているに違いない。私もそうだろうと心配してくれて、家族の集まりに誘ってくれたのだ。その気持ちが嬉しくて、私は我慢できなくなったんだ。パパやママだって、真由美ちゃんを思い出さない日はないだろう。悲しまない日もないに決まっている。いや、毎日悲しんでいるはずだ。

あの日から私は不安な日々を送っていた。

家に居る時は甲類のキンミヤばかりを飲んでいた。

編集部に行ったら行ったで、周囲の目が気になって肩身の狭い思いをした。

小林さんは、刑事さんが私を犯人と疑っているのではないかと言ったが、それと同じ印象を編集長や他の社員さんも感じたのかも知れないと考えると、居ても立っても居られなかった。

そもそも刑事さんが帰るなり、企業案件の仕事から取材班への担当替えを申し渡されたのは、それがあったからではないか。

会社にいると針の筵《むしろ》以外のなにものでもなかった。

もちろん自分が犯人でないことは、誰よりも私がいちばん知っている。しかしそれを断言できるのは私だけなのだ。

『金太郎寿司』に足を運んで思い直した。

私だけではないのだ――

私が犯人だとは露とも疑っていない二人がここに居るんだ――

ママが誘ってくれなかったら、私はこの日曜日も、鬱々と薄暗い部屋で過ごしていたに違いない。息子にも迷惑をかけてしまう。あるいは、ママやパパも疑っているのではないかという的外れな疑心暗鬼に苛まれていたかも知れないのだ。


トイレから出ると店内の景色が様変わりしていた。

四人の大人に五人の子供が追加されていたのだ。

子供の内のひとりは未だ赤ん坊だった。

「こんにちは」

小学校高学年と思われる男の子が私に挨拶してくれた。

「こんにちは」と返して、微笑んだ。

その子の顔は知っていた。

パパの長女の実穂《みほ》さんの長男だ。

実穂さんは「実るほど頭を垂れる稲穂かな」が名の由来だと以前聞いたことがある。

その隣が弟の詳昇《たかのぶ》さんで、名前の由来は知らない。

二人とも、ずいぶん前になるが、それぞれ違う時期に短い期間『あじろ』を手伝っていたことがある。親しいほどではないが顔見知りだ。

特に長女の実穂さんは、パパそっくりなのだが美人さんだ。それはパパが美男ということになるのだろうが、そういうわけではない。パパにハンサムという言葉は馴染まない。

「和歌ちゃん、カウンター席に移ろうか」

ママが声を掛けてくれた。

「これだけのキッズ連中が居るんだからさ。ここは思い切りさわがしくなるよ。ゆっくり飲みたいだろ」

ママと一緒にカウンターの端の席に移動した。

「僕、コーラ。瓶でちょうだい」

実穂さんの長男が張りのある声で言った。

赤ん坊を除く他の子供らは、雷門横にあるスタバで買ったと思えるフラペチーノの太めのストローを咥えている。

「細巻きも人数分、適当に頼むぜ」

パパが注文した。

「それから大人にはレモンハイだ」

小上がりからは死角になって見えなかったが、店の奥にはレモンハイのサーバーがある。若い男の子の店員さんに手間を掛けないようにというパパの気遣いだろう。

私だけスダチハイなんて——

「俺は瓶ビールをくれや」

パパが瓶ビールならスダチハイでも構わないか——

一杯ずつ作ってもらうわけではない。アイスペールと四つ切りにしたスダチと、炭酸水と白玉のボトルがカウンターに移されている。

「お酌させてくださいね」

若い店員さんが運んできた瓶ビールを受け取って、カウンターからパパの隣に移動した。

「和歌子さん、良いんですよ。お父ちゃんはいつも手酌ですから」

気を遣ってくれる実穂さんは赤ん坊を抱き抱えている。

「実穂さんのお子さんなんですか？」

「ううん、詳昇の次男なの」

「なんだか知らねぇけどよ。コイツ実穂に懐いていてよ」

パパが嬉しそうに言う。

「そんなんじゃないよ。あっちゃんも、普段は子育てで忙しいんだから、せめてこんな時くらいゆっくり飲んだり食べたりさせてあげたいじゃん」

「お姉ちゃん、ありがとう」

「僕、バクダンが欲しい」

実穂さんの小学生の長男が、また声を張り上げた。

それに続いて小さな子供たちが、僕も僕もと声を張り上げる。

「和歌ちゃんカウンターに戻りなよ」

ママが言ってくれて、私は一杯だけパパにビールをお酌してカウンターに戻った。

「バクダンって？」

寿司ネタの切れ端を納豆と混ぜた海鮮丼というイメージならあるけど、念のためママに訊いてみた。小さい子供たちがそれを競って食べる光景が想像できなかったからだ。

「ここの裏メニューだよ。もともと賄い飯だったみたいだけど、いつの間にか常連の間で人気になってね。本部長さん、カウンターにもバクダンひとつお願い」

「はいよ。小上がりの分を先に仕上げますんでお待ちを」

私たちの目の前で、手元を忙しく動かしながら本部長さんが言う。

カウンター中央に陣取っている店長さんは、子供たちとその両親の分の細巻きを巻いている。ひと口サイズの細巻きなので、子供たちにも食べやすいだろう。お箸を使う必要もない。摘まんで食べればいいのだ。

そんなことを考えながらふとあることに私は気付いた。

「お孫さんて、全員男の子なんですか？」

実穂さんに抱き抱えられた赤ん坊も、しっかり男の子の顔をしている。

「そうなの。全員が食べ盛りで板さんもたいへんだよね」

「そんなことないですよ。ありがたいことです」

ママの言葉に応えた本部長さんの手元は忙しく動いている。

「はいよ。小上がりさんのバクダン上がったよ」

本部長さんが言って、奥から出てきた若い店員さんがお盆に小鉢を載せている。私の目線の角度からその中身までは見えなかった。

それほど待つまでもなく、カウンターにもバクダンが登場した。

こりゃ手間が掛かるわ——

私は納得した。

小鉢の底にはひきわり納豆が敷かれ、その上にマグロの中落ち、細切りにしたイカ、タクワン、オクラ、山芋、ウニ、イクラ、トビコなどが盛られ、中央には卵黄が落とされている。

「よく混ぜて、これで巻いて食べるんだよ」

正方形に切り分けられた海苔を摘まみ上げてママが言った。

「見てな。ひと口目は私がやってあげるから」

海苔に添えられていたスプーンでママが小鉢を掻き混ぜ始めた。

二十回ほど掻き混ぜて、一辺が十センチほどの正方形の海苔を円錐形に丸め、その中にネタを入れた。

「最後はこうやってここを」と、円錐の端を折った。

「閉じておかないと食べる時に零れ出るからね」

言いながら私に手渡してくれた。

これもやっぱりひと口サイズだ。

口の中に入れて齧ると、海苔がパリッと割れて、いろいろな味が渾然一体となって口中に溢れ出た。堪らない美味しさだった。その余韻をスダチハイで喉奥に流し込み、私は海苔に手を伸ばしていた。

「どうやら気に入ったようだね」

微笑んで言うママの言葉に我に返った。

「ええ、滋味が堪りません」

語彙力——

一応ライターをやっているのだから、ボキャブラリーにはそこそこ自信があるつもりだったけど、そんな自信を軽く吹き飛ばすほどの美味しさだった。

それから私はバクダンを巻いては頬張り、細巻きを摘まんでは頬張り、スダチハイに喉を鳴らし、ママと本部長さんと楽しく会話した。

その頃になると二、三人連れのお客さんがパラパラと入ってきて、いつの間にか店内は満席に近い状態になったけど、なにしろ小上がりのほとんどは、大口一家が占有しているのだ。子供たちも親の世話になることなく、器用にバクダンを巻いて食べている。

子供の頃にこの味を覚えたら——

バクダンだけでなく、細巻きも、だ。

大きなお世話だろうが、私は彼らの行く末が心配になった。

口が肥えるのではないだろうか？

子供たちは全員が男の子だ。

彼らと付き合う女性は料理するのに難儀するだろうな——

そんな心配までしてしまった。

「アンタ何年になったの？」

私の想いを置き去りにして、ママが若い店員さんに声を掛けた。

「お陰様で三年を超えました」

「そう、だったらあと二年もしたら板場に立てるね」

「そうだと良いんですけど……」

はにかむ青年は二十歳そこそこにしか見えない。

「やっぱりいつかは独立したいの？」

訊いてみた。

昔とは違い、今ではお寿司の学校まであって、たった何か月かの修業で独立する人もいるくらいなのだ。三年の修業期間に加えて二年も励めば独立を夢見ていても不思議ではないだろう。

「ここは暖簾分けとかあるんですか？」

本部長さんに訊いてみた。

「ないことはないですけど、今の若い人は責任が重いのを嫌がりますからね」

嘆息交じりに本部長さんが言った。

「ウチでは全国寿司コンクールで優秀な成績を収めたら、技能給を加算したりしますから、そちらを目指す若いのが多いですよ」

もちろん本人にその気と覚悟があって、会社が認めれば暖簾分けをしないでもないと付け加えた。

話の流れに警戒したのか、若い店員さんは奥に引っ込んでしまった。

「厳密な意味での暖簾分けじゃないんですけど、新規に独立開店した店員がウチの屋号を語ることも禁止はしていません」

『金太郎寿司』チェーンでは多くの地方出身者が修業しているらしい。

「寿司はネタが命ですからね。暖簾分けとなると確かなネタを仕入れられる東京近郊に限定されるんですよ」

しかし修業希望者は全国から集まる。

それはそうだろう。全国寿司コンクールの第一回から三十六年という期間、トップの座を守り続けたのであればそれも頷ける。

「北は北海道から南は沖縄まで、全国各地から修業を希望する若い連中が集まって来るんですがね……」

本部長さんが笑いを含んだ声で言う。

「かなり昔になりますけど、沖縄の先島諸島から修業に来た若いのが居ましてね」

先島諸島とは沖縄本島よりさらに南の島を意味する。

「そいつが暖簾分けじゃないんですけど、ウチの店名で寿司屋を始めましてね。大ヒット商品がビックリするようなものでして……」

「先島で漁獲できる魚といえばマグロでしょうが、違うんでしょうね」

マグロをネタにしたのでは、ビックリするようなものというのではない気がする。

「カッパ巻きですよ」

「カッパ巻きなんですか！」

それが大ヒット商品だとは――

当時、現地ではカッパ巻きが知られていなかったらしい。

いったいどんな寿司なのだと、連日押すな押すなの大盛況になった。

「そいつが調子に乗りやがって、ひと巻き千五百円で販売したんですよ」

「千五百円！」

これには素直に驚いた。

現地の人がカッパ巻きを知らなかったのだから、たとえそれが先島諸島であったとしても、かなり昔の話なのだろうが、昔なら物価も今ほどではなかっただろうから、千五百円には驚かざるを得ない。

「今はどうしているのやら。そのカッパ巻きの話題以外、聞こえてくる噂もなくなってしまいましたがね」

と本部長さんが遠い目をした。

「和歌ちゃん、煙草を吸ってくるから付き合いなよ」

ママに誘われて店外に出た。

良い感じに酔っている私には外の陽射しが眩しかった。

日曜日の浅草中央通りは人出で賑わっていた。

かなりの数の若い女の子が、和服姿で歩いている。

浅草のそこかしこで見掛けるレンタル着物屋さんで着付けてもらった和服だろう。

髪もセットし、髪飾りもなかなか派手だが、それだけに私のような熟女には、それが安っぽく見えてしまう。

店外に並べられた看板の裏に椅子が置いてあり、その上に大きな灰皿があった。

そういえばさっきから何度かパパが店の外に出ていたけど、煙草を吸うために出ていたんだと納得した。

ママも喫煙者だ。私はかなり以前から加熱式煙草に変えている。会社が入るビルのフロアごとに喫煙室が設けられ、それがいつの間にかビルの一階の片隅にまとめられ、そして加熱式しか認められなくなった。

そういえば新橋のＳＬ広場の喫煙所も一時は閉鎖されたっけ――

閉鎖期間中はニュー新橋ビルの横に喫煙所ができたけど、その喫煙所も、ＳＬ広場に新規の喫煙所ができた後は加熱式煙草に限定されるようになった。新しくできたＳＬ広場の喫煙所も、完全に密閉された喫煙所で、出入り口が別々になり、それぞれにガードマンが立って、入り口のガードマンはコロナ禍の密を避けるために、入場者の人数を制限、出口のガードマンはそこから入場する人がいないように監視している。

いずれにしても喫煙者には住みにくい世になった。

彼ら彼女らが灰にしている煙草の半分は税金なのに――

見方を変えれば、彼ら彼女らは隠れた高額納税者なのに――

そんなつまらないことを考えていた私にママが話し掛けてきた。

「どうだい。少しは気晴らしになったかい？」

「うん、ママありがとうね。少しはなんてもんじゃないよ」

「これからもおいでよ」

「え、良いんですか？」

「遠慮することはないよ。和歌ちゃんは娘同然だと言ったけど、あれは本心からの言葉だからね」

「ママ……」

「それよりね――」

話し始めたママの目線が動いた。

その目線の先を追ったら、赤ん坊を抱っこした実穂さんが歩いて来ていた。

「どうしたのよ？　アンタ」

「ちょっとぐずり始めたから、三十分ほど散歩して寝かし付けて来たの」

「ごめんぜんぜん気付かなかったよ」

「よく眠っているから代わってくれない？　私も煙草を吸いたいよ」

「分かった。こっちに貸しな」

ママが煙草を灰皿で揉み消して、実穂さんから赤ん坊を受け取った。

「一本ちょうだい」

実穂さんがママから煙草とライターを受け取った。

ママが赤ん坊を抱いて店内に消えて、実穂さんが煙草に火を点けて大きく吸い込んだ。

プファーと煙を吐き出してしみじみとした口調で言った。

「ああ、沁みるわァ」

それから初めて私に気付いたように照れ笑いした。

「ごめんなさい。家では禁煙しているの」

旦那さんが禁煙しているので、それに付き合っているらしい。

それにしてもぐずり始めた甥っ子を抱っこして寝かし付けるなんて――

大口家の当たり前の優しさに胸が温かくなる。

「やっぱりいやがったな」

店内から出てきたのはパパだった。

「おい実穂、俺にも吸わせろ」

パパが出した手に煙草とライターを置いた実穂さんが、灰皿を手にした。

灰皿が取り除かれた椅子にパパが当然の顔で腰を下ろした。

息が合ってるわ――

私は素直に感心した。

横柄だとか、威張っているだとか、パパに対する悪い感情は毛ほども湧かなかった。

椅子に座って煙草を燻《くゆ》らせているパパ――

その隣で灰皿を水平に持って並んでいる実穂さんはもう吸い終わっている。見れば見るほど似ている親子なのだが、やっぱり実穂さんは美人で、パパはハンサムではない。

ハンサムという言葉がパパに馴染まないのよね――

好い男――

うんそれだわ――

私はひとりで合点して「お先に」と断って、店内に戻った。

店内の小上がりでは、さっきまで実穂さんに抱っこされていた赤ん坊が、ガニ股の大の字になって座布団で熟睡していた。その可愛さに思わず頬が緩んでしまった。

「さっきなにを言い掛けたんですか？」

カウンター席のママの隣に腰掛けながら訊いてみた。

「ん？　私なにか言い掛けたっけ？」

「実穂さんが戻ってくる前に……」

「ああ、それは後で良いよ」

ママにしては珍しく歯切れが悪い。

「それよりお腹は膨れたの？」

「うん、私、お酒を飲む時にはあんまり食べないから」

「それじゃもう一杯飲もうか」

ママがスダチハイを作ってくれた。

「本部長さん、この人お腹がいっぱいなんだって」

「そうですか。それじゃ〆にこんなのどうでしょ」

予め用意してくれていたのだろう、本部長さんが背後の冷蔵庫の中から江戸切子のお猪口を二つ、ママの分と私の分をカウンターに置いてくれた。

冷酒？

一瞬そう思ったが違った。

お猪口には細切りにした山芋と粒ウニとそれから緑の――

「これ、じゅんさいですよね？」

質問したのではない。

確認するまでもなくじゅんさいなのだが、こんなものまで用意しているのかと驚いたのだ。

「ええ、本場の秋田から直送したじゅんさいです。そのままひと口で召し上がって下さい」

本部長さんに勧められお猪口を呷《あお》った。

澄み切ったお酢の味がした。

口の中で転がすとツルリとしたじゅんさいの舌触りに呑み込むのが惜しくなる。

添えられた山芋の細切りを、奥歯でシャキシャキしながら、じゅんさいの舌触りを愉しんだ。

粒ウニの甘みがお酢と絶妙にマッチしている。

山芋と粒ウニは奥歯が捕らえてくれるのだが、じゅんさいだけは、奥歯をツルリツルリと躱して舌の上を滑る。

「どうですか？」

「美味しいです」

ああ、語彙——

このお寿司屋さんは、とことんまでライターとしての私の矜持を破壊してくれる店だ。

そのことに私は心から感謝した。


夕方の四時になる前にパパが「帰るぞ」と席を立った。

みんながそれに従った。

もちろん私も席を立った。

目を覚ましている赤ん坊は実穂さんの腕に抱かれ上機嫌だ。

しかしパパが手を伸ばすと、体を反らせて逃れようとする。

「駄目でしょ。ちゃんとご挨拶なさい」

実穂さんが言うと、その言葉を理解できるとも思えない赤ん坊なのに、差し出したパパの手に小さな紅葉の手を合わせ、やっぱりすぐに体を反らせてしまう。

「私にもご挨拶」

言って私も手を伸ばした。

同じように私の手にもタッチしてくれて体を反らせた。

「それじゃ俺は自転車で帰るからよ」

パパが店横の路地に停めていた自転車に跨った。

自転車で国際通り方向に向かうパパの背中を見送ってから、子供夫婦と孫たちは、仲良く雷門通りへと消えた。

「ママは帰らないんですか？」

「もう少し話がしたくてさ。ちょっとカウンターに戻ろうよ」

「もうお勘定済ませているんでしょ？」

「お茶くらい出してくれるよ。それとも飲み足りないのかい？」

「うーん、そう訊かれたら、もう少し飲みたい気分かな」

「仕方ないね。でもお腹はいっぱいなんだろ？」

「少しくらいなら入りますけど」

「それじゃ、カウンターの天婦羅屋に行こうか。海老の二、三本でもツマミに飲むとするのはどうだい？」

「いいですね。天婦羅といえば日本酒ですよね。よく冷えた冷酒をキュッと一杯なんて堪んないですよね」

調子に乗って浮かれていたわけではない。

煙草を吸いに出た時にママが口にしようとして濁したこと――

真由美ちゃんの事件のことに違いない。

私はそう直感していたのだ。

その話だったら、お茶を飲みながら聞かされるのはきつい。

お酒を飲みながらでないと――

ママが選んでくれたお店は『金太郎寿司』から歩いて二分と掛からない『天彩』という名の天婦羅屋さんだった。

「ガンちゃんのことなんだけど……」

おしぼりで手を拭きながらママが切り出した。

ママの話によるとガンちゃんは、真由美ちゃんの死が報道されて以来『あじろ』に顔を出していないらしい。

「毎日欠かさず来る人だったのに……」

「でしょ。だから私心配しているのよ。あの子、真由美ちゃん殺しの犯人を探そうって、ひとりで動いているんじゃないかってね」

ああ見えて漢気《おとこぎ》があるガンちゃんだから、その心配も当然に思える。

二年ほど前だったかしら——

ある夏の夜のことが想い出された。

蒸し暑い夜だった。

外から聞こえた怒鳴り声に、『あじろ』で飲んでいた客が一斉に視線を向けた。数人の男性が揉み合っていた。目を凝らすと、ひとりの初老の男性が四人の若い男性らに絡まれていた。

初老の男性はネクタイ姿で、彼に絡んでいるのはイキったシャツの青年らだった。ラッパーが着ているようなダブダブのシャツだ。

「半グレっぽいよね」

感想を口にしたのは杉山さんだった。

「しょうがねぇ野郎どもだ」

と言ってカウンターを出たパパを止めたのは、ガンちゃんだった。

「あんな連中と関わったら危ないですよ」

「危なくても見逃すわけにはいかねぇだろう」

「僕が行きますよ」

そう言って、躊躇いもせずガンちゃんは喧嘩に割って入ったのだ。

結果ガンちゃんは若い子らに殴られ、大怪我とまではいわないまでも、目尻と唇に傷を負ってしまった。

幸い誰かの通報で、駅前交番から駆け付けた数人のお巡りさんたちが騒ぎを収め、そのままガンちゃんも交番まで連れて行かれてしまった。

私は慌ててその後を追って、証人として交番まで同行した。

喧嘩の原因は、昼酒でしこたま酔っぱらった初老の男性が、横に並んで道を塞ぐように歩いていた若い子らに、「道を空けろッ。だらしねぇ格好しやがってッ」とか、注意とも罵倒ともとれる声を浴びせ、そのうえ痰まで吐きつけたことだったようだ。男性は腕を脱臼する怪我を負っていたが、ガンちゃんは喧嘩の仲裁に入っただけだったので、すぐに解放されたのだった。

「和歌子さんの証言で助かりました」

ガンちゃんが礼を言ってくれた。

怪我をした男性は救急車で病院に運ばれ、場合によっては、若い男性らが傷害事件として警察に連行されるかも知れないという状況だったのだ。

「大丈夫だよ。ガンちゃんが連中のツレだなんて誰も思わないよ」

ガンちゃんも、お巡りさんのひとりに、被害届を出すなら受け付けますよと言われたが、それは丁重に断っていた。

「それより被害届出さなくても良かったの?」

「僕は弾みで殴られただけですから……」

そんな会話をしながら『あじろ』に戻ると、たちまちガンちゃんはみんなに囲まれた。

といっても、詳しく話をするほどのネタもなく、すぐにガンちゃんを囲んだ輪は解けて、いつもの『あじろ』に戻ったのだった。

「真由美ちゃんに格好良いとこ見せたかったんだよね」

「若気の至りだな。放っておけばいいんだよ。本気の喧嘩に巻き込まれていたらどうするんだよ」

小林さんと杉山さんが嘲笑するように言った。

「あんたら、その言い方はないんじゃない。ガンちゃんはウチの亭主が巻き込まれないよう、身代わりになって仲裁を買って出てくれたんだよ」

ママが叱ってくれて場の空気が少し白けてしまったけど、すぐに持ち直して、いつもの真由美ちゃんを囲む会が再開した。

私が近くのコンビニで買ってあげた絆創膏を貼ったガンちゃんも、いつものように、お客が食べ終わったお皿や飲み終わったグラスを、カウンターの中のママに手渡している。私もそれを手伝った。

「見直したね」

重ねたアルマイトのお皿を手渡したママに言われた。

「少しの躊躇もなく表に飛び出すなんて、そうそうできるもんじゃないよ」

「そうですよね」

ママの言葉に頷いた。

真由美ちゃんに良い格好をしたかったんじゃない。

パパが巻き込まれないようにしたんだ。

「私もそう思います」

いきなり真由美ちゃんが口を挟んだ。

「私もママの意見に賛成です。ガンちゃんはパパが巻き込まれないよう飛び出してくれたんだと思います。和歌子さんごめんなさい」

「えッ、なんで私に謝るの？」

「だって、和歌子さんが交番に付き添ってくれたじゃないですか。本来であれば、私が交番に付き添うべきだったんです。私は誰よりガンちゃんを知っていますから」

誰よりもガンちゃんを知ってる？

私はちょっと首を傾げたくなったが、真由美ちゃんが言葉を続けた。

「ガンちゃんは揉み合っている男たちの間に入ったけど、自分からは手を出していません。ただ殴られるまま、喧嘩を止めようとしていただけです」

杉山さんと小林さんに訴えかけるように真由美ちゃんがいった。

反論口調の言葉に、言われた二人は目を逸らしている。

あれがパパだったら――

拳骨を振り上げていただろう。

場合によっては、あの若い人らと今でも交番に留め置かれているかも知れない。

それどころか、初老の男性と一緒に救急搬送されていた可能性もあるのだ。

ガンちゃんを見直した夜の出来事だった。

油を切って皿に載せられた海老の天婦羅に箸を伸ばした。

サクッとした歯触りを確認し、ひと齧りしてから天つゆにチョン付けして頬張った。

「天婦羅は揚げ二秒」

企業案件の取材で福岡に行った折に現地で教えられた。

天婦羅は揚げたてを食べるに限るという意味の言葉だ。

さすがに二秒というのはかなりの誇張に思えるが、それを私に教えてくれた相手企業の部長さんは「やけん僕はカウンターでしか食べんっちゃ」などと言っていた。

あんな経験もできなくなるのね――

企業案件から外されることを思い出して消沈した。

またしんみりした私にママが言った。

「ねえ、和歌ちゃん。ガンちゃんの本名知らない？」

「え、なんですかそれ？」

いきなりの問いに狼狽《うろた》えてしまった。

私にとってガンちゃんはガンちゃん以外の何者でもない。

「実はね。警察の人も探していてね……」

「警察の人が？」

真由美ちゃんの住居を訪れたひとりとして探しているらしい。

「それがあれ以来ぷっつり姿を見せなくなって、こっちで分かっているのは、ガンちゃんという愛称だけで、大手家電メーカーに勤めていて、銀座線の田原町に住んでいて……」

それだけの情報で、個人を特定するのは難しいだろう。

「あの後もう一度来た刑事さんに名刺を渡されて、顔を見せたら連絡が欲しいって頼まれているんだけどさ……」

困り顔のママがお銚子からお猪口に手酌した。

「それがぜんぜん顔を出さないんで、困っているんだよ」

お猪口を啜った。

「もちろん心配もしているよ」

思い出したように付け加えた。

「ガンちゃん、刑事さんに疑われているんですか?」

念のために確認した私の言葉に、ママが大袈裟に手を振った。

「そんなんじゃないの。一応話を聞いてみたいという程度だと思うけど……」

苦笑を浮かべて付け加えた。

「あの子が疑われるわけがないじゃない」

「そうですよね」

「でもさ、時々刑事さんが『あじろ』にやってきて、それはなにかのついでみたいな感じなんだけどさ、未だお見えになりませんかって訊かれるんだよ。来てませんけどって、こっちとしては答えるしかないんだけど、なんかガンちゃんを庇っているようで、嫌な気持ちになるんだよね」

「そのうち来るんじゃないですか」

気休めに言った言葉ではない。

真由美ちゃんが殺されてからそんなに日が経っていないのだ。真由美ちゃんの事件にショックを受けたガンちゃんが、しばらく『あじろ』から足が遠のくのも当然に思える。

現に私も、刑事が来た日以来『あじろ』には行っていない。

小林さんや杉山さんと顔を合わせたくないということもあるが、それ以外にも、あの二人が刑事に話してしまったせいで何軒かのお店に迷惑を掛けたかも知れない、それよりなにより、美雪ママとリンさんに合わす顔がないというのが、私を逡巡させている理由だ。

「和歌ちゃんも来なくなったよね」

ママに指摘されてしまった。

「私は担当替えとか仕事上のことがいろいろあって……」

「だったらまた前みたいに通ってくれるのかい？」

「もちろんですよ」

気を重たくしながら答えた。

あれこれ行きたくない気持ちもあるが、大口家の集まりにまで招待されたのだから、通わないという選択肢はないだろう。

「ガンちゃんだけじゃないんだ。他にも真由美ちゃんの事件を知って、通って来なくなった常連さんが何人かいるんだよ。このうえ和歌ちゃんにも見捨てられたら……」

「おかしなこと言わないで下さいよ。見捨てるだなんて……」

笑おうとしたが笑えなかった。

しかしいつまでも逃げているわけにもいかない。私は、迷惑を掛けたかも知れないお店や、美雪ママやリンさんに頭を下げなくてはならないのだ。

「明日仕事終わりに行きます」

断定的に言った。

「無理をしなくてもいいんだよ」

ママは気遣って言ってくれたが、その好意に甘えるわけにはいかないと、私は気持ちを引き締めた。

大口家の会食に参加した翌日の月曜日、私は早朝から銀座線田原町駅に足を運んだ。出勤するガンちゃんを探しに行ったのだ。

事前に調べた時刻表アプリでは、銀座線の始発である浅草と終点の渋谷に要する時間はおよそ三十五分だ。銀座線は一九二七年に浅草－上野間で開通した日本でもっとも旧い地下鉄だ。銀座線浅草駅地下街は日本最古の地下街を謳っている。

仮にどこかで乗り換えるにしても、午前七時前に田原町に着いていれば、出勤するガンちゃんを捕まえられるはずだろう。

ガンちゃんが本当に田原町界隈に住んでいればだが――

その不安は若干あったが、そこまでガンちゃんを疑う気にはなれなかった。

幸い田原町駅の出入り口は三つしかなく、その内の二つは隣接している。私は渋谷方面の一番出入り口と二番出入り口の中間地点でガンちゃんを待つ事にした。

一時間ほど待った午前八時前、一番出入り口から地下に下りるガンちゃんの姿を認めた。急いで後を追ったが、その時間帯の銀座線ホームはそこそこの混みようだ。とはいっても、新宿とか高田馬場などとは比較にならないほどの少ない乗降者数なので、ガンちゃんの姿を見逃すことはなかった。

ガンちゃんが乗り込んだ車両に私も乗り込んだ。席も疎《まば》らに空いているほどの混み具合で、ガンちゃんは車両中央部の座席に腰掛けてスマホを弄っている。

ガンちゃんの前に立った。

「おはよう」

声を掛けた。

「……和歌子さん」

「ガンちゃんおはよう」

「おはようございます。どうして……」

「どこまで乗るの？」

「上野ですけど……」

「乗り換え？」

「ええ、常磐線に乗り換えます」

「会社は常磐線沿いにあるの？」

ちょっと意外な気がした。

「いいえ、今日は日立工場まで日帰り出張なんです」

それなら納得できる。

電車が隣の稲荷町に着いて、乗客がさらに増えて、ドアが閉まった。

次の駅がガンちゃんの乗り換える上野駅だ。所要時間は二分くらいだろうし、吊り革にぶら下がったまま席に座るガンちゃんと話すのは不自由なので、ＪＲの乗り換え口で話すことにした。

「あ、ごめんなさい。僕は次で降りますから」

と言って、ガンちゃんが席を譲ってくれようと立った。

「いいのよ。私も次で降りるから」

「え、あ、そうなんですか」

二人で言葉を交わしているうちに、別の乗客がガンちゃんが譲ってくれた席に座った。

「和歌子さんも乗り換えなんですか？」

ガンちゃんの質問に答える前に車内放送が上野駅への到着を告げた。

上野駅の乗降者数はそれまでと違ってかなりの数だった。

私はガンちゃんに従って銀座線の改札を出た。

「どちらに行かれるんでしょ？」

改札を出たところ、人の流れのジャマにならない地点で質問された。

「会社じゃないの。ガンちゃんに会いたくて田原町で待っていたの」

「……どういうことでしょうか？」

「歩きながら話しましょ」

ガンちゃんを促して、上野駅の地下通路を歩き始めた。

「ママが心配しているわ」

朝の人混みの中を歩きながら言った。

「ぜんぜん『あじろ』に顔を出していないそうじゃないの」

詰問口調にならないよう気を付けた。

「あんなことがあって……」

やっぱりそうなのね――

「私だってそう。ガンちゃんの気持ちは痛いほど分かるわよ」

むしろ私にはガンちゃん以上に『あじろ』から足を遠ざける理由があるんだけど――

美雪ママとかリンさんのこととかで。

「でもね、あんなことがあったからこそ、むしろママやパパに会いに行ってあげなくちゃいけないんじゃないかしら？　二人とも落ち込んでいるのよ」

「そうですよね」

「私は今夜行くつもりだけど、ガンちゃんはどうする？」

「工場での仕事が終わる時間次第ですけど……」

ガンちゃんが言葉を濁した。

それはそうだろう。『あじろ』の閉店時間は午後十時なのだ。常磐線の日立駅までの所要時間は分からないし、降りてからの移動時間も私は知らない。

ＪＲ上野駅の改札に至った。

「行けたら行きますし、仮に今夜行けなくても、明日の夜には必ず顔を出しますから」

そう言ってガンちゃんが、ズボンのポケットからパスケースを取り出した。

「そう、それじゃ私も明日の夜には行くことにするわ」

言い残して、その場を立ち去ろうとした私をガンちゃんが引き留めた。

「和歌子さん」

「ん？」

「ありがとうございます」

深々と頭を下げて言った。

「どうしたのよ？　妙に畏まっちゃって」

「朝の忙しい時間を割いて、和歌子さんが会いに来てくれなかったら、僕はこのまま『あじろ』から足が遠のいていたかも知れません。ですから……」

再度頭を下げた。

「ありがとうございます」

「水臭いこと言わないでよ。照れるじゃないのよ。お互い『あじろ』の飲み仲間じゃないのよ。そうでしょ」

「他の皆さんもそうでしょうが、真由美さんの死に、いちばんショックを受けているのは僕なんです。だから和歌子さんが迎えに来てくれなかったら、もう二度と『あじろ』には行けなかったと思います」

いちばんショックを受けている？

いつかどこかで感じたような違和感を覚えたが、その違和感の正体までは分からず、私はガンちゃんの背中を見送ってから、ママにＬＩＮＥを送ることにした。

〈田原町でガンちゃんと会いました。元気にしていました。明日お店に来てくれるそうですから、私も明日行きます〉

少し考えてから、

〈今日のガンちゃんも、以前と変わらない好青年でした〉

その一文を付け足して、送信ボタンを押した。

ママから低頭する熊のスタンプが返ってきたのは、それから二十分後だった。

久しぶりというほど時間が経ったわけではないけど、日を空けて訪れた新橋パチンコ通りは、よそよそしく感じられた。

午後五時過ぎ――

『あじろ』は一軒目のお客で、いつものように混雑していた。

「おう、来たか」

「いらっしゃい」

パパとママが普段のように迎えてくれた。

それだけでもう、新橋パチンコ通りに感じたよそよそしさから私は解放された。

「ライムハイお願いします」

カウンターの奥に陣取って、飲み物を頼んでから、ツマミにゲソの柔らか煮を注文した。

「このやろう。味を占めやがったな」

パパが嬉しそうに言った。

「私、細巻きとバクダンしか食べていないですよ」

笑顔で返した。

パパと私が交わしている会話が『金太郎寿司』のことだと、ママ以外、他のお客さんには分からないわよね――

その想いだけで特別感を味わえる自分の単純さに呆れた。

でも良いよね――

私はパパとママの娘なんだから――

そんな想いに浸っているとガンちゃんが姿を現した。

「いらっしゃい」

「おや、どちらさんかな?」

ママがガンちゃんを迎え入れ、パパがひと言多いのもいつものことだ。

「すみません。ご無沙汰しちゃって」

バツが悪そうにガンちゃんが頭を掻いた。

「いつまで出入り口で突っ立っていやがるんだ。他のお客のジャマになるじゃねぇか。早く奥のケバい姉ちゃんの隣にでも行けよ」

「え、私のこと? それ、パパ酷くない?」

抗議を発する私の声も踊っている。

「あんな宿六ほっときなよ」

ママがアルマイトのお皿に盛ったゲソの柔らか煮と、ガンちゃん用の生ビールのジョッキをカウンターに置いてくれた。

こうやって時間は流れていくんだ――

私の脳裏に真由美ちゃんの笑顔が過った。

あれはいつだったけ？　私は真由美ちゃんからお金を借りた。私から頼んで貸してもらったんじゃない。『あじろ』のお勘定を終え、財布に残ったお金に顔を曇らせた。息子に頼まれていた教材費に足りないほどではないが、少し不安になる金額だったのだ。

「和歌子さん、これ」

と言ってテーブルの下から真由美ちゃんがそっと差し出したのは、小さく折り畳んだ一万円札だった。

「え、なに？」

私が動揺すると、真由美ちゃんはニッコリと微笑んで言ったのだ。

「明日もここに来るんでしょ。足りなかったらその時に言って。明日は余分に持って来るから」

そう言って、男たちの会話の輪に戻った。

あの笑顔が見られなくなったなんて――

でも、今はそれに囚われている場面ではない。

ガンちゃんと乾杯してグラスを傾けた。

「これ美味しいから食べてみてよ」

ゲソの柔らか煮をガンちゃんに勧めた。

「おいおい、そいつも悪の道に誘い込むつもりかよ」

「いいじゃない。ガンちゃんも一員でしょ」

再び私たち三人にだけ通じる会話をした。

パパは私が日曜日の『金太郎寿司』にガンちゃんを誘うことをよしとしてくれるだろうし、ママはママで、ガンちゃんも家族の一員だと言っているのだ。

「大丈夫ですよ。ガンちゃんは大手家電メーカーの社員さんなんですから、どこかのしがない文字書きみたいに、パパにたかったりしませんよ」

後で会話の意味をガンちゃんに説明する必要があるだろうけど、私と違って勝ち組のガンちゃんだったら、私と自分の分、『金太郎寿司』のお会計を負担することなど厭わないに違いない。むしろ独身の身で、ヒマしているだろう日曜日に、出掛ける先ができて喜ぶんじゃないかしら。

「ガン公、可哀想に。オメェはウワバミの餌食になるんだな」

「え、え、え」

訳が分からないという顔でガンちゃんが首を左右に振った。

「私のことよ」

言ってあげた。

「それにしても私のことをウワバミだなんて、パパも酷いことを言うよね」

まったく状況が理解できていないガンちゃんに小声で同意を求めた。パパの耳に届いたら、またひと言二言、余計なことをいわれるに違いない。

それなのにガンちゃん――

「和歌子さんは、そういわれても仕方がないほど飲みますよね」

「あ、そう。それなら白玉を一本空けさせてもらいましょうかね」

そう言って私は一杯目のライムハイを空にした。

「白玉ってなんなんですか？」

嚙み合わない会話が楽しい。

パパもママもガンちゃんを仲間に入れることに同意してくれたみたいだし、次の日曜日までには誘ってあげようと心に決めた。

でも今種明かしするのは勿体ない。

もう少し楽しんでからにしよう――

私は内心でほくそ笑んだ。

リラックスしているところに、小林さんと杉山さんが連れ立って姿を現した。

当然のように二人はカンターの奥へと足を進めて、私の隣に立った。

「どうだったんですか?」

不機嫌さを隠さずに問い質した。

「どうってなにが?」

首を傾げたのは杉山さんだった。

「お二人が刑事さんにタレコミしたお店に行ったんでしょ。動揺しているだろうから、今がチャンスだとか言って。なにか収穫がありましたか?」

「ぜんぜんだったよ。やっぱり和歌子さん程度が目を付けた情報源では、大したものは得られなかったよ」

和歌子さん程度——

杉山さんの言い草にカチンと来たがグッと堪えて質問した。

「私程度ではない情報源は見付かったんですか?」

「おいおい、それを僕らが披露すると思って訊いている?」

なおも杉山さんは私を軽んじる口調だ。

「まぁ、あの小娘もなかなかのもんだったけどね」

含むように言って小林さんと目を見交わした。

「ああ、なかなかの悪女だったね」

小林さんも同意する。

真由美ちゃんを小娘呼ばわりしたり悪女と言ったり――

ムカついた私は二杯目のライムハイを飲み干した。

「ママ、お会計お願いします」

「あらずいぶん早いじゃない」

「これから、誰かさんの軽口のせいで、ご迷惑を掛けたかも知れないお店を巡って、ひと言お詫びをしてきます」

横目でチラ見すると小林さんと杉山さんが苦い顔をしている。

「だったら会計は置いておくから、それが終ったら飲み直しに来なよ」

「ママ、ありがとうございます。でも、お店まで行って一杯も飲まないわけにもいかないでしょうから……」

お詫びの後で『あじろ』に寄れるのは嬉しい。

「遅くなるようだったら連絡しな。俺たちが帰る電車の時間までは待っていてやるからよ。それでも遅くなるようだったら、会計は後日でもいいぜ」

「パパ……」

「とっとと行きやがれ。嫌なことほど先に終わらせるのが大人ってぇもんだろう」

「分かりました。それでは後でお願いします」

頭を下げて付け足した。

「ゲソの柔らか煮、残しておいてくださいね」

パパがなにかを言う前に『あじろ』を後にした。

出る時に杉山さんとママの会話が聞こえた。

「ゲソの柔らか煮ですか。僕もそれを頂こうかな」

「お生憎様、今の和歌ちゃんのキープで本日品切れになったんだよ」

ママの言葉にほくそ笑みながら、私はパチンコ通りを奥へと進んだ。


閉店時間を少し過ぎてしまった。

パパは割烹着を脱いで普段着に着替え、ママは洗い場の後始末を終え掛けているタイミングだった。

「ずいぶん時間が掛かったわね」

「どうせ行く店行く店で飲んだくれていたんだろ」

「いえそんなことはないんですけど……」

私が言葉を詰まらせたのには訳がある。

小林さんと杉山さんは、大した情報を得られなかったと言ったが、私は気になる情報を得てしまったのだ。

「とりあえずお会計を済まさせてください」

「それならここに」と、ママがカウンターの上を顎で示した。

記された金額丁度を伝票の上に載せた。

「それじゃ、私」

「もう帰るのかよ？」

「ええ、この後で『スナック美雪』と『クラブM』に行って、その後の状況も訊きたいですから。もちろんお詫びも兼ねてですけど」

「律儀な奴だね。だがそれも大事だ。義理を欠いちゃぁいけねぇ。お天道様は見ているぜ」

パパが言ってくれて、私は『あじろ』を後にし、隣のビルの二階に店を構える『スナック美雪』を訪れた。

この時間であれば『クラブM』の開店間近なので美雪ママは居ないだろう。

そう踏んで訪れた『スナック美雪』はそこそこ盛況だった。

いろいろあって、クビになったのではないかと心配したリンさんも元気そうに働いていた。

もともと私が真由美ちゃんの住所と名字を知ったのは、リンさんが教えてくれた女の子のリストによってだったのだ。

それは店側にとっては極秘中の極秘事項で、もしもその漏洩が美雪ママにバレたら、ただでは済まないと怯えていたリンさんだった。

「大丈夫だったんですか？」

大音響のカラオケが鳴り響く店内を避け、通路に出て来てくれたリンさんに確認した。

「大丈夫ってなにが？」

リンさんは飄々としている。

「女の子のリストの件ですよ」

周囲に人がいないのだが、私は秘め事に声を潜めてしまう。

「ああ、あれね。ぜんぜん大丈夫だったよ」

リンさんの声が明るい。

「あれから会社がドタバタしてね、美雪ママもそれどころじゃなくなったんだよ」

「ドタバタしたんですか？」

私が心配になることをリンさんが口にした。どのようにドタバタしたか分からないが、それが真由美ちゃんの事件と無関係であるはずがない。

「ウチはスナックとガールズバーとクラブをやっているでしょ」

「ええ、そうですね」

「稼ぎ頭が『クラブM』だったんだけど、和歌子さんがママに報せてくれたお陰で深夜営業を控えてね……」

その後『クラブM』は観葉植物を席と席の間に置いて目隠しし、おっパブとして再出発したらしい。上半身のお触りはOKでディープキスも可というのがおっパブのルールだ。

「でも、美雪ママがそんな緩いことするわけないでしょ」

リンさんが右目を瞑ってウインクした。

「まさか……」

「始める前はホンバンありも考えたみたいだけど、さすがにそれは拙いかと、フェラ抜きだけに抑えてね」

それだって十分拙いと思うけど――

「ガールズバーの女の子も、何人かが手当てに釣られて働きだしてね。今では大盛況タヨ」

リンさんは林という名の日本人だ。しかし『スナック美雪』がインターナショナル・スナックを看板にしていた関係で、中国風にリンと名乗っている。それに合わせた口調で喋る癖がついているので、時々言葉が変になる。

「この後で『クラブM』にも様子を見に行こうと思っていたんですけど……」

「それは止めた方が良いよ。大人の女の人が行く場所じゃないからね。店内も真っ暗タヨ」

リンさんはどこまでも飄々として明るい。

そして美雪ママ——

いったいどこまで逞しいのよと、私は呆れるしかなかった。

「だったら真由美ちゃんの件は……」

「タレそれ？　そんなシト、ポクタチはタレも知らないよ」

名前を聞いて緊張しているだろうか、言葉がますます怪しくなる。

「だったらリストも処分したんですね」

「リスト？　知らないケト、タレカ燃やしたんじゃない」

「ありがとうございます。それなりにうまく回っていることが分かって安心しました。いろいろとすみませんでした」

最後に衷心からのお詫びの言葉を述べて『スナック美雪』を後にした。

階段を降りながら想いに耽った。

ここではすでに真由美ちゃんが過去の人に、いえ、その過去さえもなかったことにされている――

私の胸に去来するのはそんな想いだ。

でも――

と、私は丹田に力を籠める。

今夜お詫び行脚をした複数のお店で、新たに得た情報の意味を考えなくてはならない。突き止めなくてはならない。

それが真由美ちゃんの供養になるとかどうかは関係なく、私には、「家族」の一員としての義務があるのだ。

リンさんと話し終えた後で、私はおっパブに鞍替えした『クラブM』の閉店時間を待つことにした。

待つといってもパチンコ通りの路上でボンヤリと待つわけにはいかない。

昔のようなことはないだろうが、それでも新橋裏路地のパチンコ通りなのだ。

女がひとり手持ち無沙汰で佇んでいるような場所ではない。むかし私が客引きをしていたころは、ウリ目当ての女性がたくさん立っていた場所なのである。

思案した私は『クラブM』の筋向いの『かねまさ』で待つことにした。そこなら『クラブM』の出入り口も監視できる。

実はこの『かねまさ』も真由美ちゃんが『あじろ』に行く時間の前に通っていた店で、店長の神林《かんばやし》くんとは知らぬ仲でもない。

『あじろ』に入り浸り、午後十時の閉店時間に合わせての帰宅が習慣になってからはあまり行っていなかったが、『クラブM』の閉店時間までここで待たせてもらいたいと願い出ると、神林くんは理由も訊かず外のテーブル席を空けてくれた。

一時間くらい待っただろうか。

「いよいよ転職するんですか？」

ライムハイをチビチビやりながら『クラブM』の看板を眺めているると、背後から神林くんに訊かれた。遅い時間になったので、店内の立ち飲み席も空席が目立っている。

「転職って？」

「和歌子さん、美雪ママに誘われていたじゃないですか。それでいよいよかと思ったんですけど……ただ『クラブM』は……」

言いにくそうに神林くんが言葉を濁した。

「知ってるわよ。おっパブに鞍替えしたんでしょ」

「知っていたんですか」

神林くんの顔が明るくなった。

「さっき『スナック美雪』のリンさんに聞いたの」

「そうですか。でも、和歌子さんならぜんぜん大丈夫だと思いますよ」

「なにがぜんぜん大丈夫なのよ？」

声を弾ませて言う相手が勘違いしていることを察したが、あえて訊ねてみた。

「オッパイ大きいですし、顔も整っているし……」

「おっパブでも大丈夫ってこと？」

「ええ、ボクも指名で行かせてもらいますよ」

言ってにっこりと笑う。

私も微笑を返して答える。

「ありがとう。たあーんとサービスしてあげるわよって、そんなわけないでしょ。あの店はお口のヌキもあるんだよ」

「ええ、二千円増しですよね」

私のノリツッコミにも気付かず、神林くんが弾んだままの声で言う。

彼はアラサー男子で、そんな目で見られているのかと考えると悪い気はしないが、ここはキッパリ否定しておくべきだと判断した。

「私は美雪ママに話があるのよ。おっパブ嬢になる気はないの」

「そうなんですか」

声がトーンダウンし、露骨に残念そうな顔をしてくれるのも私には嬉しく思える。

私もまだまだ捨てたもんじゃないんだな——

だが、そんな想いを慌てて打ち消した。

いい気になっている場合じゃないでしょ——

自分を叱った。

私が『クラブM』の閉店を待ってまで美雪ママと話がしたいと考えたのには訳がある。

小林さんと杉山さんが刑事さんたちの後に情報を漁りに行った三軒のお店——

私が刑事さんたちにそのお店を教えたのではなく、それをリークしたのは小林さんと杉山さんなんだけど——

でも二人に真由美ちゃんが通っていた店という情報を提供したのは私なのだ。

この界隈を夜の根城としている私としては、お詫びに行かないわけにはいかなかった。

『かねまさ』に来る前、二軒の店にお詫びに行った時、気になる話を聞いた。

それはガンちゃんの噂だった。

いや、噂といえるほどのものではないし、それがガンちゃんだとは断定できないのだが、真由美ちゃんが来なくなってから、ガンちゃん（らしき）男性も来なくなったという情報を得たのだ。

その男性は小太りの天然パーマだそうで、それだけでガンちゃんと特定することはできないが、私には気になって仕方がなかった。

もしそれがガンちゃんだったとしたら、ガンちゃんは『あじろ』だけでなく、三軒の店でも真由美ちゃんにつきまとっていたということになるではないか。

ストーカー行為——

そう考えた時に私の頭の中で結び付くものがあった。

いつか真由美ちゃんは言った。

あれはガンちゃんが喧嘩の仲裁に入った時のことだった。

止めに入り、駆け付けたお巡りさんに交番まで連行され、そんなガンちゃんの無実を訴えるために交番に行った私に真由美ちゃんは言ったのだ。

「私は誰よりガンちゃんを知っていますから」と。

そして上野駅。ガンちゃんに『あじろ』に顔を出すよう説得しに行った朝、ガンちゃんは私に言った。

「真由美さんの死に、いちばんショックを受けているのは僕なんです」と。

誰よりも知っている――

いちばんショックを受けている――

それぞれの言い様に覚えた違和感が、もしガンちゃんがストーカーだと考えれば（そんなことは考えたくもないが）私の中で繋がってしまう。

美雪ママに話を聞こう――

三軒のお店へのお詫び行脚が終わった今、私はそう決心していたのだ。


何人かのお客と思しきサラリーマンの出入りがあり、やがてそれが途切れ、午前零時半過ぎに、『クラブＭ』の出入り口に数人の女の子と美雪ママが姿を現した。

『クラブＭ』の看板が消えた時点でお勘定を済ませていた私は、迷わず通りに足を踏み出した。

目ざとい美雪ママが私に目を留め「あらッ」という顔をした。

「どうしたのよ。まさかアナタ……」

小走りに駆け寄ってきた美雪ママの瞳が輝いている。

神林くんと同じ誤解をしているんだよね――

それはそうだろう。

曲がりなりにも昼間の仕事をしているはずの私が、こんな深夜まで美雪ママを待っていたのだから、そんな誤解をされても仕方がないのかも知れない。

「違うの、違うの」

両手を開いて肩の高さで横に振った。

「ママの話が聞きたくて待ってたの。それからこの前のお詫びもあるし」

「なーんだ。そんなことなの。それじゃ立ち話もなんだから、店で話をしようか」

私の返事も聞かずに背を向けたママが、『クラブM』へと続く階段を下り始めた。

私もそれに続いたのだが、『クラブM』は様変わりしていた。

先ず気付いたのが臭いだ。いや匂いか。

店内は咽《む》せ返るようなフレグランスの香りに包まれていた。

汗を掻いた男の人が股間を露出するのだからこれも必要か――

納得した。

そして席を区切るように置かれた観葉植物による湿気も半端ない。

奥のトイレのドアは開放されていて、使い捨てのマウスウォッシュや歯ブラシがプラスティックの籠にぎっしりと詰められている。

「お客さんにはあそこで口の中をキレイにしてもらって、仕上げにアルコールジェルで手指を消毒してもらうのよ」

佇んでいる私にママが解説してくれた。

「ウチはベロチュー禁止じゃないからね」と、加えた。

「もともとがクラブの仕様だから女の子の控室はないのよ」

その代用として使っているバーカウンターの椅子を私に勧めてくれた。

私の隣に美雪ママが腰を下ろした。

「で、話って？」

「真由美ちゃんのことを警察にあれこれ訊かれなかったですか？」

「そんな子もいましたねぇ、ってとことん惚《ぼ》けてやったよ」

「スミマセン。私のせいで……」

「気にしなくていいよ。逆に和歌ちゃんが早めに報せてくれたからさ、女の子の名簿とかも焼却処分できて助かったよ」

「それは良かったです」

思ったほど美雪ママが怒っていなそうだったので胸を撫で下ろした。

そのまま本題を切り出すことにした。

「ママは『あじろ』の常連客のガンちゃんって知っていますか？」

「どんな男だい？」

「小太りで、天然パーマで……」

「ああ、アイツね」

たびたび『あじろ』に寄っていた美雪ママがガンちゃんのことを見知っていたとしても不思議ではない。

「ガンちゃんはチーママとして『クラブM』に勤めていた真由美ちゃんに、よく会いに来ていませんでしたか？」

「ああ、マメに通ってはいたけど、太客というんじゃなかったね」

「それほど頻繁に通っていたわけではないと？」

「違うよ。平日は毎日のように通っていたけどね。真由美の指名料込みのワンセット二万円ぽっきりでさ。泡のボトルを入れたりしないし、ビールの小瓶をチビチビ飲むだけだから太客とはいえなかったね」

泡のボトルとは業界用語でシャンパンのことだ。

一本が十万、二十万するのはざらだろうし、高いものとなると信じられないような値段になる。さらにシャンパンのボトルはウイスキーのようにキープするものではない。その場で飲み切ってしまうのが当たり前のボトルなのだ。客と指名されたキャストだけでなく、店内のキャストが集合してたちまち飲み切ってしまう。勝ち組といえども、一介のサラリーマンがそうそう手を出せるものではない。

そんなにシャンパンを店に常備しているのかと、一般の人は疑問に思うかも知れないが、新宿や上野、そして新橋にもそれを販売している二十四時間営業の格安酒屋があるのだ。錦糸町とか赤羽にだってあるかも知れない。注文を受けた時に店になかったとしても、スタッフとか系列店の者が、その酒屋に走れば済むのである。

真由美ちゃんを指名する客は多く、そんな時は代わりにヘルプの女の子がガンちゃんのテーブルに座る。しかしヘルプの女の子が強請るドリンクを渋ったりするガンちゃんは太客ではなかったのだと言う。

どうしてもっと早くに教えてくれなかったんですか――

喉まで出かかった言葉を呑み込んだ。

それはそうだろう。

太客ではないにしろ、ガンちゃんは、真由美ちゃんの指名料も含め、毎夜二万円からのセット料金を支払っていた。週に五日として十万円、月に四十万円の飲み代を落としていた客なのである。

そんなことを『あじろ』のパパやママが知ったりしたら大変なことになると、想像できない美雪ママではないだろう。

「真由美も良くないけどね」

ポツリと呟いた美雪ママの言葉を私は聞き逃さなかった。

「真由美ちゃんがどうしたんですか？」

美雪ママが「しまった」という顔をした。

「教えて下さいよ。美雪ママは、真由美ちゃんのどこが悪かったっていうんですかッ」

私の剣幕に美雪ママが渋々の体で口を開いた。

「死んじゃったから言うけどさ……」

普通は死んだ人のことを悪くは言いたくないんじゃないの？

「あの娘、かなりの悪で……」

それから美雪ママが話してくれたことは、例の投書を裏付けるような内容だった。

真由美ちゃんは『あじろ』を含む四軒の居酒屋で、これはと目を付けた男性客を『クラブM』に誘って、じわじわと蟻地獄さながらに追い詰めていたのだった。

「当然のことだけどさ、真由美に誘われてウチの店に通い始めた男性客の目的はあの娘との肉体関係でしょ」

それを巧みに利用したのだと言う。

「どう利用したんでしょ？」

「自分なんかよりもっと若い女の子を紹介しますからって……」

「淫行の仲介をしていたってことですか？」

「そうなんだよ」

「でも、どこでそんな若い娘を……」

「本人の話によると、ＳＮＳでパパ活を希望している娘らと接触するんだってさ。真由美は年齢にそぐわない、あどけない顔してるでしょ。お姉さんがちゃんと世話してあげるから、みたいに近付いたら娘らも油断したんだろうね」

しみじみと思い出す口調で言った。

「男も馬鹿なんだよ。真由美のことを人間として慕ってたんじゃなくて、結局はヤレれば誰でもよかったんじゃないのかなぁ」

「それで見事にハマった男を、淫行をネタに……」

「目の付け所があざといんだよ」

「どういうことでしょ？」

「新橋の居酒屋で飲んでるオヤジなんて、そもそも女性に耐性がないんだよね。キャバクラとかクラブに通い慣れている男と違ってさ。そのうえ、会社ではそこそこの地位にあって、嫁や子供もいるだろ。守るものが多過ぎるんだよ」

小林さんと杉山さんの顔が浮かんだ。

あの二人だって銀座のクラブを経費で利用できる人たちだ。

それでは真由美ちゃんの標的にはならないということなのか？

ならないだろうな――

二人の顔を思い浮かべながら得心した。

だったらガンちゃんは？

当然のこととして浮かんだ疑問だった。

ガンちゃんだって標的になりそうには思えなかった。

「さっき話題に出た小太りの天然パーマの……」

「ああ、ガンちゃんって言ったっけ？」

「ええ、そのガンちゃんにも真由美ちゃんは若い娘さんとの交際みたいなものを勧めていたんですか？」

「アイツは逆だよ」

「逆？」

「どこで知ったのか、真由美の悪事を嗅ぎ付けてさ、それを止めるよう説得する目的でウチの店に通っていたんだよ」

ガンちゃん――

胸が温かくなった。

やっぱりガンちゃんはガンちゃんだったのね――

「いくら稼いだんだろうねぇ」

私の想いなど構わずに美雪ママがため息を吐くように言った。

気のせいか羨望の交じる声だった。

「真由美ちゃん、そんな頻繁に男性を罠にかけていたんですか?」

「そうそう簡単に獲物は捕まるもんじゃないよ。せいぜいが月にひとりか二人ってとこじゃない?」

そのうちの誰かが――

私の頭の中には二つの想いが浮かんでいたが、その内のひとつ、自分が受け入れやすい考えに衝き動かされた。

「美雪ママ、真由美ちゃんの被害にあった人たちを知っていますよね。全員でなくても、その一部の人でも」

断定的に言った。

「そりゃ、お客とは名刺交換するからね。クラブのママとしては当然のことだろ。こっちが名刺を出せば、相手も条件反射でほとんど名刺を出すからさ」

「だったら――」

「ちょっと待ってよ。アンタ馬鹿なこと考えてんじゃないでしょうね。その名刺を警察に出せってこと？　あれは私の財産なんだよ。いつか『クラブM』を元のクラブとして再開した時に、営業しなくちゃいけない相手を警察に売るわけないでしょうがッ」

「そうですよね」

「あの名刺の中に真由美を殺した犯人がいるかも知れない。でもね、そんな正義ぶってどうすんのよ。私の正義は商売を、店を守ることだからね。信じられるのはお金だけなんだよッ」

それは納得できる。

美雪ママは生まれた国を離れて日本に来ているのだ。

たとえ守銭奴と言われようが、人でなしの誹《そし》りを受けようが、命の次に大切なのはお店でありお金なんだ。

「すみません。考えが軽率でした」

心の底から謝って、座ったままだったけれど、膝に手を突いて深々と頭を下げた。

「気にすることはないよ。和歌子のお陰で警察が入ると分かったから、その時点でお客の名刺は全部破棄したよ」

美雪ママがウインクした。

「それじゃぁ今後の営業に……」

「ただ破棄しただけじゃないよ。取り込んだデータをクラウド上に保存してあるから、いつでも取り出せる。そのあたりに抜け目はないよ」

警察が、任意で捜査に入ったらしいが、すでに名刺はなかったわけだ。

抜け目がないというか、逞しいというか――

私は呆気にとられるばかりだった。

そういえばとママが話を続けた。

「今夜営業時間中に来たアイツにも同じことを頼まれたよ」

「アイツって、ガンちゃんが?」

「ああ、とんだ営業妨害だったね」

美雪ママによると、ガンちゃんはフロアで土下座し、頭を擦り付けて名刺の提供を頼んだらしい。

「大声出してさ、しかも泣き声で頼んだからさ、他の客が白けてしまって、ずいぶんな迷惑だったよ」

そこまでしたのか――

私は胸を撫で下ろした。

実は名刺のことを切り出された時点で、もうひとつの可能性として、私はガンちゃんが真由美ちゃん殺しの犯人ではないかと疑う気持ちがあったのだ。

真由美ちゃんが女ひとりの部屋に招き入れた人物――

そこまで心を許していた人物――

ガンちゃんだって十分犯人の可能性はあるのだ。

真由美ちゃんを説得しようと家まで押し掛けて――

説得に応じない真由美ちゃんに苛立って――

他の部屋まで聞こえる声で「出て行ってよッ」と叫ばれて――

咄嗟に真由美ちゃんを黙らそうとして――

そうやって積み上げていくと、ガンちゃんが犯人だったとしてもおかしくはないと、私は頭の片隅で考えていたんだ。

パパたちと東武浅草駅北口で待ち合わせをした日、先に着いていたガンちゃんは、私を真由美ちゃんの部屋があるマンションまで案内してくれた。

私は事前に調べていた地図情報で、江戸通りを歩くつもりだったのに、ガンちゃんはこっちの方が近道だと、細い路地を通過する道を案内してくれたのだ。

その時点で私が知っている情報は、真由美ちゃんのマンションが、すき焼きの名店『ちんや』の移転先の隣だということだけだった。

しかしい実際に到着してみると、真由美ちゃんのマンションは、厳密な意味で『ちんや』の隣ではなかった。

あの時ガンちゃんは、早く着いたので事前に下調べしていたといったが、美雪ママの話を聞いているうちに、ガンちゃんが怪しく思えてきた私だった。

それ以前に、ガンちゃんが『あじろ』を除く三軒の飲み屋さんも行き付けであり、ストーカーまがいの行動をしていたことも私の疑いに拍車をかけた。

でも、美雪ママが営業妨害されたと顔を顰《しか》めるほど、ガンちゃんが名刺の提供を懇願したのであれば、ガンちゃんが犯人だとは考えにくい。

本当にそうなの――

内心で問い掛ける声がする。

アナタはガンちゃんが犯人でないと決め付けたいだけなんじゃないの――

ガンちゃんとは上野駅で話した後でＬＩＮＥを交換していた。

そのＬＩＮＥで連絡し、次の土曜日の午後六時半、浅草中央通りの『金太郎寿司』で落ち合うと決めた。

ガンちゃんが警戒しないよう、遣り取りの流れで「話があるの」と、付け加えることも忘れなかった。

私はガンちゃんに確かめなくてはならないことがあった。

そのために二人きりで会いたかったのだ。

今度の到着は私の方が早く、私は店の奥のカウンターでガンちゃんを待つことにした。半時間ほど待って、約束の時間丁度にガンちゃんが『金太郎寿司』に現れた。

「先にやってたわよ」

スダチハイのグラスを目の高さにあげてガンちゃんに断った。

「ガンちゃんは生ビールでいいよね」

「ええ、いいんですか？」

店内には、浅草の居酒屋ではたいがい見掛けるホッピーのポスターが貼ってある。それにガンちゃんの視線が向けられている。

「遠慮してんの？　ここはガンちゃんに奢ってもらうつもりだし、パパもいないんだから好きなものを飲めばいいのよ」

「それじゃ、生ビールで」

カウンターに立つ本部長さんがオーダーを奥の青年に通してくれた。

生ビールが運ばれる前にガンちゃんが私のスダチハイを作り直してくれて、給仕された生ビールのジョッキとグラスを合わせた。

「食べ物はどうする？」

「僕はなんでもいいです」

「それ駄目だよ。そんな言い方をしたら相手を困らせるでしょ。欲しいものは欲しいってハッキリ言いなさいよ」

「それじゃ、和歌子さんと同じものを」

結局自分で決められないのね——

私が食べていたのはアナキュウとトロタクの細巻きだった。

「本部長さん、これと同じものを、もう一人前お願いします」

「へい、かしこまりやした」

お寿司屋に来てにぎりを注文しないのは気が引けるが、お酒のツマミとしては細巻きの方が向いている。天婦羅の「揚げ二秒」じゃないけど、お寿司も出される端から食べていくのが作法だと考えている私だ。

だって新鮮なネタを空気に晒したままにするのは悪いじゃん――

私はそう考える人間なのだ。

だからお酒を飲みながらにぎりを食べるというのが粋でない気がする。

てきぱき食べて、その後ツマミを切ってもらい、チビチビお酒を飲むのが正解だと考える私だった。

あれはどこだったたっけ――

私がにぎり寿司を食べながらお酒を飲むもんじゃないと考えるのには訳がある。

過去の経験が私にそれを禁じているのだ。

もちろんいつもいつもというわけではない。立場が上の人に誘われたりした時は、相手に合わせるようにしている。


自分の記憶を辿った。

脳裏に浮かんだのは夏の日の塩釜だった。

宮城県塩釜市に取材で訪れた折の記憶がよみがえる。

塩釜は東日本大震災後に『おいしおがま』というキャッチコピーで、地元の水産物を全国に情報発信することに力を入れていた。

そのキャッチコピーは震災前からも使われていたようだが、被災地復興を祈願し、大々的に広めたいという要請があって、ウチの雑誌社に案件が持ち込まれたのだ。

私はいつものようにカメラマンを伴って塩釜市を訪れた。

一泊するか日帰りになるか、東京と塩釜という土地は微妙な距離にある。

漁港を訪れ広報担当者さんに取材し、資料を頂き、それから土地の美味しいものを振る舞われると期待したのだが、あいにくそれはなかった。

「日帰りですね」

カメラマンさんの残念そうな呟きを聞きながら、私は漁港のお土産物屋さんに足を向けた。

いつものようにパパとママへのお土産を買って、若い女性店員さんに訊ねた。

「このあたりで美味しいものが食べられるお店はないですか?」

「せっかく塩釜に来たんですからお寿司を食べたいですね」

私の言葉にカメラマンさんが追従した。

「あんまり高いのは困りますけど」

女性店員さんに断りを入れた。

取材で来ているとはいえ自分で食べるものは自己負担なのだ。

経費なんて基本認められていない。

これが芸能担当記者だと事情が変わってくる。

週単位で自由に使える何万円かの取材費が認められている。

経費を使わないと「サボっているんじゃないか」と、疑われるくらいなのだ。

「美味しいお寿司屋さんなら道向かいにありますよ」

女性店員さんが店の外まで出てその店を教えてくれた。

「営業しているんですか？」

首を傾げて訊ねてみた。

美味しいお寿司屋さんだと教えてくれた店には暖簾が出ていない。

それどころか看板さえない。

知らずに通ったら民家だと思ってしまうような佇まいなのだ。

「ええ、店前に打ち水がしてありますから、営業していると思いますよ」

そう言われたが逡巡した。

逡巡して当たり前だろう。

そんな得体の知れないお寿司屋さんに自腹で――

迷っている私の背中に女性店員さんが言った。

「私の高校生の妹が、すっかりあの店を気に入ってしまって、お小遣いを貯めて通っているんですよ」

高校生の女の子が――

その女性店員さんの言葉で踏ん切りがついた。

高校生の女の子が、お小遣いを貯めて通っているというお寿司屋さんを覗いてみたくなったのだ。

曇りガラスの引き戸を開けた。

「いらっしゃい」

カウンターの中から元気のない声で迎えてくれたのは小柄な老人だった。

格好だけは寿司職人のなりをしていた。

奥さんと思われる同じく小柄な老婆がカウンター席を勧めながら私ら二人に言った。

「メニューはこの三品しかありませんの」

手で指し示した壁には「特上・上・並」と手書きされた紙が貼ってあった。

「あいにく今日は納得できるネタが少なかったんで特上はございません」

老人に釘を刺された。

「それじゃ上を」

「僕もそれを」

二人して頼んだ「上」には千五百円という値が併記されていた。ついでにいうと「特上」が二千円で、「並」が千円だった。

かなり安い――

いや安過ぎない？

「僕、瓶ビールをもらえますか？」

価格の安さに勢いを得たカメラマンさんの言葉に、老人は手元に目線を落としたまま首を横に振った。

「メニューは三品だけなんですよ」

老婆がニコニコしながらお茶をカウンターに置いてくれた。

「ウチの人がね、お酒を飲みながらお寿司を食べられるのを嫌うんですよ」

ずいぶんなことを平然と言った。

顔は微笑んだままだった。

「せっかくのネタが乾くじゃないか、ってね……。ですからお客さんもあの人が握る端からてきぱき食べてやってくださいね」

押しつけがましいことを笑顔も崩さずに言う。

「お待ち」

小声で老人がいって、私とカメラマンさんの寿司下駄に白身のにぎりが一貫ずつ置かれた。

「旬のアイナメです」と、言葉を添えた。

「へえ、アイナメって夏が旬なんですか」

「醬油が必要ならおっしゃってください。もっともウチの寿司は全部仕事がしてあるんで、必要ないと思いますがね」

老人が手元に目線を落としたまま言う。

次のネタにかかっているんだ――

そう納得し、さっきの老婆の言葉もあったので、私は慌ててアイナメのにぎりを口に放り込んだ。

驚愕の味だった。

昆布締めがしてあり、舌に粒を感じるほどの少量の塩が振られている。

岩塩だわ――

それもアンデスあたりの――

白身に振られた粒塩は微かにピンク色だった。

アミエビを含んだ海水が、隆起で山に閉じ込められるとピンク色の岩塩ができるのだ。

昆布の旨味と、鼻腔に涼風を覚えるような爽やかな白身と、そして粒塩が混ざり合い、それらが混然一体となった一貫だった。

これが仕事ということなの――

醤油は要らないと納得した。

それから老人が、いや年老いた寿司職人であるご亭主が、マグロの赤身、コハダ、シロイカ、シャコ、ホヤ、カツオ、ウニと次々に握ってくれた。

ウニは塩ウニで軍艦巻きではなかった。

形が崩れておらず、本来の甘みが濃いウニだった。

どのにぎりにも丁寧な仕事がしてあり、やはり醤油の必要性はまったく感じなかった。

ウニを食べ終わったところで『上』は終わりだと言われた。

「こんなに美味しくても『上』なんですか？」

これが『特上』ならどうなるんだろうと考えて訊ねた。

「クロマグロのいいのが入りませんでしたからね。今日のところはビンチョウの赤身で済ませましたけど、クロマグロのいいのが入っていたら、その赤身と、中トロをお出しできたんですがね」

だから『特上』ではなく『上』ということなのか――

どちらにしても美味しかったのには変わりない。

「追加をご注文なら、お好みで握らせて頂きます」

言いながらご亭主が桐の平べったい長方形の箱をカウンターの下から取り出した。

白い布巾を取ると、その桐の箱にも布巾が敷かれ、サクにされた寿司ネタが並んでいた。

そういえば——

このお寿司屋さんにネタケースがなかったのに思い至った。

カウンターの下に冷蔵庫があるのね——

納得したが、ネタケースを置かないのがご亭主のこだわりなのか、資金的な問題だったのかは確認できなかった。

「いえ、もう十分頂きましたから」

断りを入れるとご亭主が桐の箱をカウンターの下に仕舞った。

ほどなくして老婆がお椀を配膳してくれた。

「三陸のワカメのメカブで出汁をとったお吸い物です」

具材としてまり麩一個だけが浮かぶそれを飲み干して、私とカメラマンさんは店を出た。

「人生でいちばん美味い寿司でしたよ」

カメラマンさんが素直な感想を述べた。

私も同じ気持ちだった。

浅草の『金太郎寿司』に出会うまでは、看板もないあの老夫婦のお店のお寿司が私の人生ベストだった。

塩釜の漁港の片隅で、暖簾も看板も出さず老夫婦が営業するお寿司屋さんと、価格設定は良心的だとはいえ、名店とされる『金太郎寿司』を比べるのはどうかと思うが、にぎりをツマミに酒を飲まないという訓《おし》えだけは、状況が許す範囲で守っている私だった。

寿司下駄に載せられたガンちゃんの細巻きが配膳された。

ビールを飲みながら、ひと口サイズに切り分けられた細巻きをガンちゃんが次々と食べていく。たちまち私は追い付かれ、次にバクダンとも考えたが「水茄子ください」と、壁に貼られたメニューからビールのツマミになりそうな一品を頼んだ。

本部長が頷き、平皿に切り分けられた水茄子が私の手元に置かれた。

平皿の隅には色鮮やかな練り辛子が添えられている。

箸で水茄子の切れ端を摘まみ、練り辛子をチョン付けして口に含んだ。

シャキシャキという水茄子の心地好い歯応えが——

キーンといきなり鼻に抜けた。

鋭角的な、痛みにも似た刺激を覚えた。

「本部長さん、この練り辛子……」

「利くでしょ。練り立てですからね」

涙目の私に本部長が嬉しそうに言う。

「ガンちゃんも水茄子お上がりよ。辛子をたっぷりつけてね」

悪戯な気持ちで勧めた。

ガンちゃんは水茄子に箸を伸ばしたが、さきほどの私と本部長の遣り取りに察するものがあったのか、辛子には手を出さない。

水茄子をモグモグして、それをビールで流し込んだガンちゃんが言った。

「和歌子さん、なにか僕に話があったんじゃないんですか？」

「ええ、まあね」

「聞きたいことがあったら、なんでも聞いて下さいよ」

ガンちゃんの顔は笑っていない。真顔だ。

「そう、それなら聞かせてもらうわね」

「ええ、どうぞ」

私は気負ったが、ガンちゃんは自然体だ。

「ガンちゃんは『あじろ』以外にも、真由美ちゃんが通っていた店に顔を出していたのね」

「ええ、毎日というのは仕事の都合で無理がありましたけど、都合のつく時には顔を出していました。でも、他の店で『あじろ』みたいに親しく話すことはほとんどありませんでしたけどね」

『あじろ』でだってそれほど親しく会話を交わしていたわけじゃない。

ガンちゃんの主な役割は真由美ちゃんとテーブルで談笑する人たちの小皿やグラスの後片付けだった。

「どうしてそんなストーカーみたいなことをしたの？」

「ストーカーですか」

「真由美ちゃんを付け狙っていたのだから、そう考えるしかないでしょ」

「付け狙っていただなんて……」

ガンちゃんが目を背けて苦笑を浮かべた。

「私とパパやママが真由美ちゃんのマンションを訪れた日、ガンちゃんは私を案内してくれたわね。路地裏を通って真っ直ぐ目的地まで案内してくれたけど、あれはガンちゃん、もともと真由美ちゃんのマンションの場所を知っていたからじゃないの？」

「ええ、知っていました」

あれ、あっさり認めちゃうんだ――

拍子抜けした。

あの日ガンちゃんは、早めに着いたので事前にマンションの場所を確認していたと言った。それなのにその言い訳を繰り返す気配さえない。

「何度か訪れていたということかしら」

「はい、何度か真由美さんに会いに行っていました」

居直ってるの？

それとも覚悟を決めたということかしら——

私はガンちゃんが真由美ちゃん殺しの犯人だと思いたくはなかった。疑わしい点をひとつひとつ潰して、ガンちゃんが犯人でないという手応えを得たかったのだ。

「真由美ちゃんはＳＮＳを使ってパパ活を希望する女の子を募っていたのね」

「ええ、そうです」

これもあっさり認めた。

もしかしてある段階までは共犯者だったのかしら？

その共犯関係が拗《こじ》れて——

「もし知っていたら、そこのあたり、真由美ちゃんがＳＮＳをどう活用していたのか教えてもらえるかしら」

ガンちゃんが代表的なＳＮＳを三つ挙げた。

「それらのＳＮＳで困っている女の子に声掛けしていたんです」

「もう少し具体的に話してもらえないかしら」

「ＳＮＳで知り合った家出中の女の子とＬＩＮＥで繋がり、自宅に呼んでいたようです」

「それから？」

「土曜日と日曜日に男性を自宅に招き、女の子とマッチングして……」

「マッチング？」

「ええ、女の子は常時三人くらい居たようですから、その中から男性が好みの女の子を選ぶというシステムでした」

男性というのは『クラブＭ』で釣り上げた男性だろう。

「ガンちゃんも『クラブＭ』に通っていたんだよね」

「え、どうしてそれを？」

「美雪ママから聞いたわ」

つまりこういうことか。

真由美ちゃんは『あじろ』を始めとする四軒の立ち飲み居酒屋を巡回し、これはと目を付けた男性を『クラブＭ』に誘い――

「おそらく『クラブＭ』で最終審査をしていたのね。主には男性の懐具合を、さ」

でもガンちゃんは泡のボトルも入れない細客だった。

それがどうして？

「ガンちゃんは真由美ちゃんを尾行してマンションの所在を知ったの？」

「いえ、最初はマンションに呼ばれました」

ガンちゃんクラスの財布の紐が堅い男性もマンションに呼ばれていたのか――だとすると、呼ばれた男性は半端な数ではないかも知れない。

「呼ばれて若い女の子を紹介されたってわけね」

「三人紹介されました……」

「アナタの好みではなかった？」

「そうじゃありません。もともと僕は真由美さんが手料理を食べさせてくれるということで、マンションに呼ばれたんです」

そこに予測もしなかった若い女の子三人がいたのだと言う。

「好きな子を選んで連れ出せばいいと真由美さんに言われました。浅草にはファッションホテルもいくつかありますし」

「それで好みの女の子を……」

「違いますよ。僕はお断りしました。あくまで真由美さんの手料理が食べられると思って行ったんですからね。僕は真由美さんに騙されたんですよ」

「それは怪しいな」

「どうしてなんですかッ」

「だって一回なら分かるけど、さっきガンちゃん、何回か行ったっていってたじゃない。その度に女の子がいたんでしょ。騙されたと分かったら二度と行かないと考えるのが普通じゃないかしら」

ガンちゃんが黙り込んだ。

図星だったの？

私は残っていた細巻きを平らげてスダチハイを飲み干した。

グラスに追加の氷を入れながらガンちゃんを促した。

「細巻きを食べてビールを飲みなさいよ。水茄子も美味しいわよ。酔えば少しは口も滑らかになるでしょ」

ガンちゃんがヤケ食いするように細巻きを口に放り込んで、それをビールで一気に流し込んだ。

それを見ていた本部長さんが追加のビールを訊ねたが、手で断って、空になったジョッキに氷を入れ、甲類焼酎の白玉を注ぎ入れ、ロックで飲み始めた。

かなりの量を飲んでフゥーと大きな息を吐いた。

「二度目以降は真由美さんに止めるよう説得に行ったんです」

ガンちゃんの頬に赤味がさしている。

「真由美さんは、あのマンションで、パパ活という名目で少女を集め、うまく口車に乗せて売春の斡旋をしていたんです。みなさんが知っている真由美さんとはまるで違う姿です。いつも『あじろ』で見せる笑顔もないし、冷徹な女の一面を見ました」

「真由美ちゃんが遣手婆《やりてばば》の真似事をしていたというの」

「一回の性交渉で三万円です。そのお金はすべて真由美さんの取り分になります。女の子たちを養うために必要だという理由です。しかし相手の男性が本格的にパトロンとして住む部屋なんかを用意して、女の子の面倒をちゃんと見てくれるのであれば、それ以降の真由美さんへのマージンは必要ないそうです」

そういうシステムなのか――

「でも、それだったら、その場は女の子の面倒を見るとかいい加減なことを言って、やることやったらポイ捨てする男もいるんじゃないの?」

「それを防ぐために真由美さんは、もしそんなことをしたら、淫行で訴えると相手を脅していました」

　実際に訴えたのかどうかまでは知りませんが、とガンちゃんが付け加えた。

「最悪、その場限りの性交で終わらせた場合、訴えたのかも知れないわね」

「その可能性も否定できません。なにしろ真由美さんは、少女を食い物にする男たちを、尋常とは思えないほど嫌悪し憎んでいましたから『訴えるだけじゃ気が済まない。殺してやりたいくらいだけど、それは難しいから、社会的に抹殺してやるのよ』そんな風に言った時もありましたからね」

「過去になにかあったのかしら」

　そう言うしかなかった。

　真由美ちゃんがしたことは許されることではないけれど、それなりの理由があったのだと思いたかった。

「僕もそう思います。それにかりに真由美さんがあんなことをしなくても、親元から逃れた少女たちの運命は過酷なものになるでしょうし、たとえ親元に戻ったとしても、必ずしも幸せだとは限らないでしょうし」

「真由美ちゃんのやったことは必要悪だというの？」

「そういう考え方もあるんじゃないでしょうか」

「ないわよッ」

声を荒らげてしまった。

「でも悪意だけでなく善意もあったと思いますけど……」

反論するガンちゃんの言葉に『あじろ』のパパの姿が浮かんだ。


いつだったか、加齢によるものもあるのだろうが、パパは筋肉が落ちて、銀座線新橋駅の階段を下りられなくなってしまった。階段の途中で立ち往生してしまったのだ。慌ててママが救急車を呼んだのだが、病院で特に悪い箇所は見付からなかった。医師からは筋力と自律神経の衰えを指摘されただけだった。いまさら筋トレという年齢でもないので、ママは『あじろ』の営業を諦めようかと思ったらしいのだ。

それを知った『あじろ』の常連客が、店を閉められては困ると、お金を出し合って、装着するだけで干渉波によって筋力が向上するという器具を買った。

それなりの値段がする器具であったが、そのお陰か、お金を出し合った常連客らの気持ちが通じたのか、パパは今でも元気に仕事をしている。

善意というならあれを言うのだろう。

でも個人の問題じゃないもんね——

真由美ちゃんが集めていたパパ活希望の少女たちが、もし親に見限られて生活に困っていたのなら、育児放棄は社会として取り組む規模の問題だ。

そう考えればガンちゃんの言う「必要悪」にも頷きたくなる。

頷きたくはなるが認めたくはない。

真由美ちゃんが困窮した家出少女だけを集めて女の子に売春を勧めるというのは、たとえそれを本人が納得していたとしても、決して許されることではない。

ではどうすればいいのよ——

その答えが見付からない自分に焦れる。

ドン詰まり感に息苦しさを覚える。

しょせん他人事だと思えれば良いのだが、それが原因で真由美ちゃんは殺されたのだ。

「ガンちゃん、営業中の『クラブM』で美雪ママに土下座して常連客の名刺をくれって頼んだらしいね」

「ええ、その中に犯人がいるんじゃないかと思いましたから」

ということは、ガンちゃんは犯人じゃないってことね——

真由美ちゃんは死んでしまったのだから仕方ない。

でもこのうえガンちゃんが犯人というのではやりきれない。

どうやらそうではないようなので、私はホッと胸を撫で下ろした。

やっぱりアナタは他人事にしようとしているんだね――

再び自身を咎める声が内心に響き渡った。

しかしこれ以上どうこの問題に関わればいいというのだ。

私は一文字幾らのライターに過ぎないのだ。自分の暮らしにだってゆとりがあるわけじゃない。家出少女の問題などに関わっていられないのだ。

「ガンちゃんが行った時はいつも同じ女の子だったの？」

なんとなく気になって訊いてみた。

「いえ、いつも違う女の子が三人くらいいました。真由美さんの部屋は２ＤＫだったので、あれが限界だったんじゃないですかね」

「暮らしぶりはどうだったの？」

「質素というのではありませんが、堅実そうに見えました」

「贅沢している風ではなかったのね」

それだけでも私の気休めになる。

少女をネタに男たちから巻き上げたお金で真由美ちゃんが贅沢三昧の暮らしをしていたのでは、もっとやり切れなくなる。

「もう一度、美雪ママに頼んでみようと思います」

「名刺の件?」

「ええ、そうです。毎晩でも通って頼んでみます」

「それは無理だと思うけどな。そもそもどうして、そんなにムキになるのよ」

「小林さんと杉山さんの力も借りようと思います」

「なんであの二人がここで出てくるのよ?」

「マスコミで大きく取り上げて欲しいんです。そうすれば世間の耳目も家出少女に向くかも知れないでしょ」

それはそうだけど――

「真由美ちゃんが悪女として報じられるかも知れないんだよ」

「だからこその小林さんと杉山さんなんです。あのお二人なら、上手く真由美さんのことを庇ってくれるんじゃないかと……」

「どうかしら?」

「空いた皿を片付けさせていただきますね」

若い店員さんが、私たちが平らげた水茄子の皿を片付けようとしてくれた。皿の縁には練り辛子がこんもりと残っている。

「本部長さん、ごめんなさい。せっかくの練り辛子を大量に残してしまいました」

「いいですよ。お口に合いませんでしたか？」

「とんでもない。すごく美味しかったんですが」と、横目でガンちゃんを見た。

「ツレが辛子苦手だったみたいで……」

「そんなことないですよ。僕だって辛子は好きですけど、和歌子さんが多めに付けろって言うから逆に警戒したんですよ」

「そうですか。お二人とも辛子がお好きなんですね」

本部長さんがほくそ笑んだ。

「とりあえずなにか握りましょうか？」

「もう少し飲みながら話をしたいので待ってもらえますか」

本部長さんに断って二杯目のスダチハイを飲み干した。三杯目を作ってくれようとしたガンちゃんに「もう少し濃い目にして」と告げた。

あたりまえだろう。

ガンちゃんは白丸をロックで飲んでいるのだ。しかもビールジョッキで、だ。もう少し濃い目にしてもらわないと勘定が合わない。

この場合の勘定とは、もちろん酒量のことで、料金のことではない。

私は端からここはガンちゃんの奢りだと決めている。

「小林さんと杉山さんに頼むのは慎重にした方が良いよ。二人が、なにを優先しているかは分かっているよね」

実はもう名刺は破棄されているのだとは教えなかった。

データ化してクラウド上に保存していると美雪ママは言ったが、それがどのようなものなのか私には理解どころか想像さえできない。

小林さんと杉山さんなら、優先的に取材させてもらうことと引き換えに、美雪ママがクラウド上に名刺データを保存しており、そのなかに犯人がいるかも知れないと警察にリークする可能性もないとはいえないのだ。

「実を言うと私も『クラブM』に行って、名刺なんか残していたら後顧の憂いになるから破棄するように言ったの」

念のために嘘を吐いた。

「ええ、そうなんですか」

ガンちゃんがガックリと肩を落とした。

「これでもツマミにどうぞ」

本部長さんが私とガンちゃんの間に細巻きの載った寿司下駄を出してくれた。

「え、なにか頼みましたっけ？」

「いえ、試作品です。シャレで作ってみました。よければ召し上がって下さい」

以前来た時にサービスで出してくれたジュンサイの酢の物が思い出された。

期待に胸を膨らませて細巻きを摘まんで頬ばった。

これは——

細巻きの具は細切りにした山芋と紫蘇、そして——

「練り辛子なんですね」

ツーンと鼻に抜ける心地好い味わいだった。

さっきのキーンとは違う。

「私たちが食べ残した練り辛子で作ってくださったんですか？」

「いえ、いくらお客様ご自身のものとはいえ、お食べ残しを使ったりはしませんよ」

本部長さんが嬉しそうに苦笑した。

「美味しいです」

ガンちゃんも同意してくれた。

このくらいにしようか——

今日のところは、ガンちゃんが真由美ちゃん殺しの犯人でないと分かっただけで良しとしなくてはいけないだろう。

「本部長さん。お寿司以外でなんかお勧めありますか？」

お寿司屋でするような質問ではないだろうが、そんな質問も気軽にできる空気が『金太郎寿司』にはある。

「賀茂茄子の田楽なんてどうですかね」

甘辛い味を想像しただけで私の口中に唾液が溢れた。

「それ二つお願いします」

頼んだ後でガンちゃんに確認した。

「いいでしょ？」

「ええ、僕もいただきます」

本部長さんが支度にかかった。

「真由美ちゃんの話はここまでにしとこうか」

スダチハイのグラスを上げてガンちゃんに言った。

「そうですね。せっかくの料理の味が分からなくなりますからね」

ガンちゃんも白玉を入れたジョッキを目の高さにあげた。

二人とも喉を鳴らしてお酒を飲んだ。

ガンちゃんだって分かってくれるに違いない。

美雪ママの顔を思い浮かべながら私はそう考えた。


私が自分の考えの甘さを思い知らされたのはその三日後だった。

いつものように『あじろ』に行くと、奥の立ち飲みテーブル席に小林さんと杉山さん、そしてガンちゃんが鳩首会談よろしく額を寄せ合うようにして話し合っていた。

「おう、来たか」

「和歌ちゃんいらっしゃい」

いつものパパとママの出迎えの言葉に、ガンちゃんが立ち飲みテーブルから飛び上がるように驚いた。

「和歌子さん……」

喉が絞られているような声で私の名前を口にした。

「ガンちゃん、まさかアナタ」

小林さんは私に背を向ける位置に、杉山さんは目が合う位置に立っている。

「和歌子さん酷いじゃないの」

振り向いて小林さんが言った。

「そうだよ。事件の真相を隠蔽しようだなんて、悪質じゃない？」

杉山さんが付け加えた。

「どうしたのさ。和歌ちゃんがなにをしたって？」

ライムハイを手にしたママが割って入った。

どうやらガンちゃんを含む三人の会話の内容は、ママの耳には届いていなかったようだ。

「僕トイレに」

ガンちゃんが店の奥のトイレに逃げ込もうとした。

「おい、ガンの字。ジャンケンだ」

パパが呼び止めた。

「いえ、漏れそうなので。昼頃から下痢気味で……」

見え透いた言い訳をしながらガンちゃんがトイレへと消えた。

「下痢じゃあ仕方ねぇな。ぶちまけられた日にゃあこちとら商売あがったりだぜ」

不満そうに言ってパパが定位置の焼き場に戻った。

「とんだ茶々が入ったけど、アンタらどんな良くない相談をしていたんだい。ガンちゃんも、和歌ちゃんの顔を見るなりトイレに逃げ込むなんて、穏やかじゃないね」

ママに詰め寄られ、杉山さんが小指の爪で耳元を掻いた。

「良くない相談なんてしていませんよ」

「あらそうかい。でもアタシに聞こえないよう、男三人でひそひそ話をしていたのはどうしてなんだよ」

「あまり公にしたくない話がありましてね」

「利いた風なことを言うんじゃないよ。ここは立ち飲み居酒屋だよ。ここ以外で接点がない、しかもいい歳をした男三人が公にしたくない話なんてあるのかい」

「接点ならありますよ」

反論したのは小林さんだった。

「例の事件の件ですよ」

「ああ、あれかい。杉山さんが、隠蔽がどうのこうのと言ってたけど、和歌ちゃんがどうしたっていうんだよ」

「犯人に繋がる可能性がある重要な情報を、ガンちゃんが探り出そうとしているのを、和歌子さんが止めようとしたんですよ」

ママが体を捻って私に目を向けた。

「そりゃあ本当の話かい？」

「ママもこのパチンコ通りの人なら分かってくれると思いますけど、常連客が犯罪に関わっている可能性があるというだけで店を失ってしまうかも知れないんですよ」

「犯人に協力したら、それくらいの報いは当然じゃないの？」

杉山さんが含んだ言い方をする。

「あの事件の犯人に協力した人間がこの通りに居るのかい？」

「いえ、そうじゃなくて」

「協力したも同然じゃない」と、小林さん。

「そんな言い方卑怯だと思います」

「ちょっと待ちなよ。和歌ちゃん、アタシはアンタを信じてる。だから詳しい話を聞かせてくれないかね」

ガンちゃんはどこまで自分のことを話したんだろ？

美雪ママの名刺に真犯人がいる可能性があるということとか、いくつかママの知らないことを話さなくてはならない。

ひとつ目は、ガンちゃんが『あじろ』だけでなく、真由美ちゃんが通っていた店にも、彼女を付け回すように通っていたこと。

ふたつ目には、真由美ちゃんが飲み終わった後に出勤していた『クラブM』にガンちゃんも通っていて、その『クラブM』で、真由美ちゃんがパパ活の餌食にする男性を物色していたことも。

　それだけだったかしら――

　ママの耳に入れたくない話が、もっといろいろありそうな気がするんだけど、混乱した頭では整理が付かない。

　当の本人がトイレに逃げ込んでいるのだ。どうしようもないではないか。

「事情を説明するには、ガンちゃんが知られたくない話もしなくてはいけません。でも、私はガンちゃんがどこまでこのお二人に話したのか分かりません。ですから詳しい話は私ではなく、ガンちゃんの話を聞いたお二人から聞いてください」

　それだけ言うのが精一杯だった。

「そういうことらしいけど、どうなんだい」

　ママが小林さんと杉山さんに向き直って訊ねた。

「イヤだなぁ、ママ。僕たちはマスコミの人間ですよ。情報源を簡単に漏らすはずがないじゃないですか。ねえ、杉山さん」

「そうだね。それは鉄則みたいなものだね」

「そうかい、そうかい。そこまで言うんだったら、ことの次第をウチの宿六に告げるしかないね。あの人が大人しくしてるとでも思ってるのかい？」

試す目で言うママの言葉に小林さんと杉山さんが激しく動揺した。

「ちょ、ちょ、ちょ、ちょ」

小林さんが言葉を詰まらせた。

杉山さんは目が泳いでいる。

「ママ、パパに言うのは勘弁してあげてよ。余計話がややこしくなるだけじゃない?」

私が助け舟を出すしかなかった。

「そうだね。和歌ちゃんの言う通りだね」

「とりあえず、ガンちゃんがトイレから出てくるのを待とうよ」

「分かった。そうするよ」

ママがあっさり矛を収めてくれて、ライムハイをテーブルに置いた。

それで私は二人と同じテーブルで、ライムハイを飲みながら、ガンちゃんを待つことになったのだ。

その肝心のガンちゃんがなかなかトイレから出てこない。

十分、二十分もしただろうか、ママがパパの肩をトントン叩いて耳打ちした。

パパが頷いてトイレに向かった。

なにをする気?

いきなりパパがトイレのドアを蹴った。

それを切っ掛けに左手でトイレのドアノブをガチャガチャ鳴らしながら、右手のひらでバンバンと叩き始めた。

私たち以外にも店内には四人のお客がいたが、誰ひとりとして気にする風でないのはさすが『あじろ』だ。

どれだけ叩いただろうか、ガチャリとトイレのドアが開いた。

「すみません。ひどい便秘で」

入る時とはまったく逆のことをガンちゃんが言った。

パパは無言だ。

それがいちばん怖いと心得ているのだろう。

「それじゃ、頭数が揃ったところで……」

「やい、待ちやがれ」

ママの言葉をパパが遮った。

「下痢の野郎が便秘をする顚末だろ。話は閉店まで待ちな」

思わず時計を見た。

閉店まであと三十分もない。

私としては、閉店時間まで待って、パパとママが話に加わってくれた方が助かる。

「いいか、テメェら。これからは会話厳禁だ。コソコソやって、話の辻褄を合わそうなんて思うんじゃねぇぞ」

「大丈夫だよ。アタシがここで見張っているからさ」

閉店までこの三人と無言の行なの――

「ママ、私はどうしたらいいの？」

「アンタも関係者だろ」

「でも私は入って来るなり隠蔽がどうのと疑われたんだよ。そんな人らと、無言で過ごすのは辛いよぉ」

泣き言を言うと、ママが私のグラスをカウンターに移してくれた。

「だったら和歌ちゃんはこっちでアタシと話していようよ」

「ありがとうママ。助かるわ」

そう言ってカウンターに移動した私だったけど、三人を監視するママと話すような話題もなく、結局無言のまま閉店を迎えてしまった。

私も手伝って『あじろ』が閉店した。

パパがいつものように店内の奥で着替え始めた。

着替えながら言った。

「さて、どいつから話をするんだ」

「私に対して、事件のことを隠蔽しようとしていると言った杉山さんが口火を切るべきだと考えます」

「そうかい。だったらそうしようじゃないか」と、パパ。

「いいですよ。僕には後ろ暗いことなんて欠片もありませんからね」

胸を張って杉山さんが話し始めた。

「例の殺人事件の犯人に繋がる重要な証拠を美雪ママが持っているようなんですよ。でも、それを公開しない方が良いって山部さんが言いましてね」

和歌子さんじゃなくて山部さんなんだ――

「和歌子、どうしてなんだよ?」

「犯人に繋がるかも知れない情報というのは、美雪ママがお客さんからもらった名刺なんです。パパならどうします? 自分のお客に殺人犯がいるかも知れないと疑われている状況で、その名刺を渡したりしますか?」

「警察はひとりずつ調べるよな。そう考えたら渡さねぇか。でもどうして美雪ママの客に犯人がいると考えたんだよ」

「それも杉山さんに訊いてください」

「いや僕は、ガンちゃんにその可能性があると聞かされただけですから」

ガンちゃんをチラ見した。

俯いたまま気まずそうな顔をしている。

ねえ、ガンちゃん――

私がアナタを庇っていると気付かないの？

アナタが真由美ちゃんにストーカーまがいの行動をしていたこと、そして『クラブM』にも通っていたこと、それをどこまで話しているのよ――

「どうやら被害者は『クラブM』で、パパ活の話に乗ってきそうな相手を物色していたようなんですよ」

不承不承杉山さんが答えた。

「真由美がかよ？」

パパが口を挟む。

「ええ、そうです」

「その情報を杉山さんはガンちゃんから得たんですよね」

「そうですよ」

「どうしてそれが真実だと信じられたんですか?」

「それはガンちゃんが埜原さん目当てに『クラブM』に通っていたと聞いたからです」

真由美ちゃんのことも埜原さんって名字で呼ぶのね――

「オメエ、『クラブM』に通っていやがったのかッ」

パパが怒声を発し、ガンちゃんが「ヒッ」と頭を抱えた。

「ガンちゃん、どうしてそんなことを……」

辛そうに言うママの声にガンちゃんが、パパを警戒する目をしながら顔を上げた。

「真由美さんのことが心配だったからです。パパ活しているなんて投書が和歌子さんの雑誌に送られましたから」

それ違うよ――

ガンちゃんなりに咄嗟に考え付いたのだろうが、ウチの雑誌に投書があった段階で、真由美ちゃんは行方知れずになっていたのだ。

話をややこしくしたくなかった私は、ガンちゃんのミスをスルーすることにした。

「そういうことですから、殺人犯は『クラブM』の客である可能性が大です。ですから名刺をもらいに行こうとしたガンちゃんを、山部さんは止めたんです。そればかりか、美雪ママに言って名刺を破棄させたんです。立派な隠蔽じゃないですか」

「そうなのかい？　和歌ちゃん」

ママに訊かれて返答に困った。

名刺は私が破棄させたわけじゃない。

美雪ママが自身の判断で破棄したものだ。

ただ私はガンちゃんに、私が破棄すべきだと提案したと言ってしまった。その方が、名刺の破棄という事実が、ガンちゃんに強く意識されるのではないだろうかと考えたからだ。

「名刺が破棄されているとなるとですね、僕らとしては、警察に対して『クラブM』の顧客の中に容疑者がいるという可能性を示唆せずにはいられません」

杉山さんの言葉に背筋が冷たくなった。

「たとえ名刺が破棄されているとしても、警察の捜査能力をもってすれば、店内からなんらかの手掛かりを得られる可能性が大ですからね」

小林さんが追い討ちをかける。

「そんなことをされたら、『クラブM』をおっパブに替えてまで、生き残りを図ろうとしている美雪ママの想いはどうなるんですかッ」

「それは僕たちの考えることじゃないよ。僕たちは純粋に、真由美ちゃんを殺めた犯人を許せないだけだよ」

梺原さんが真由美ちゃんに戻っている——

そんな杉山さんの言葉を丸呑みになんかできない。

特番とか特集のネタが欲しいだけなんでしょ——

喉まで出かかった言葉を呑み込んだ。

この人たちにはなにを言っても無駄だと感じた。正義を建前に、その陰で誰かが傷付こうが、そんなことには一切お構いなしの人たちなんだ。

「おい、ちょと待ちねぇ」

パパが口を挟んだ。

「俺っちだって、それほど美雪ママとはそこまで親しいわけじゃねぇが、アイツは『あじろ』のモツ煮込みを気に入ってくれてる常連さんのひとりだ。それだけじゃねぇ。コロナだぁ円安だぁ物価高だぁと、なにかと経営が難しいこの界隈の水商売仲間でもあるんだ。そんな人間を、憶測だけでトラブルになるかも知れねぇことに巻き込むのは感心しねぇな」

短気なパパにしては、珍しく長口上だった。

「そうだよ。それにさ、真由美ちゃんを殺めた犯人を許せないという言葉も、私には信じ難いね。アンタら手柄が欲しいだけじゃないのかい？」

私が言いたかったことをママが代わりに言ってくれた。

「手柄が欲しいだけじゃないかって、あんまりの言い草ですね。ママたちには社会正義という概念がないんですか?」

小馬鹿にするように小林さんが鼻を鳴らした。

その仕草にパパが切れた。

「やい、コバ。テメェ、なにを偉そうに言いやがんだッ」

小林さんが「しまった」という顔をした。

もう遅いよ——

ママを揶揄してパパが黙っているわけないじゃない——

「美雪ママのことを警察にチクったりしたら、テメェら」

「ちょっと待って下さい」

パパが「出禁だ」と言う前にガンちゃんが割って入った。

「警察は止めましょうよ」

懇願する目で小林さんと杉山さんに言った。

「浅はかな考えだと思います」

小林さんと杉山さんが「オッ」という顔をした。二人だけではない。ガンちゃんがおよそらしくない、浅はかという言葉を発したことに私も正直驚いていた。

「美雪ママが経営する『クラブM』のお客さんの中に、真由美さんがパパ活に勧誘した人がいるかも知れない。いるとしたらその人が犯人かも知れない。どちらも僕の推測に過ぎません。僕ごときの推測だけで、警察を動かすだなんて、それこそ早計じゃないでしょうか？」

ガンちゃんの訴えに小林さんと杉山さんが口を噤んだ。

だけじゃないよね——

小林さんも杉山さんも、パパが「出禁」という言葉を発しそうになったことを察しているのだろう。二人にとって『あじろ』は一軒目の店に過ぎないかも知れないが、それを失うことと憶測だけで動くことの危うさを天秤にかけ、損得勘定をしているに違いない。

「分かりましたよ」

ようやくのことで小林さんが口を開いた。

「とりあえずのところ、この案件は保留としますよ」

未練たらたらに付け足した。

「それじゃ、僕らは口直しに銀座のクラブにでも行きましょうか？」

小林さんが杉山さんを誘った。

「そうですね、飲み直しとしましょう。カラオケでも歌って気分を変えましょう」

小林さんと杉山さんがお勘定を終えて『あじろ』を後にした。

私もガンちゃんもお勘定を終え、食器類の後片付けがあるというママを残して『あじろ』を後にした。


「ねぇ、ガンちゃん」

パチンコ通りを新橋駅に歩きながら声を掛けた。

ガンちゃんは銀座線田原町駅まで行き、私は上野で乗り換える。

「あの二人にどこまで喋ったの？」

「どこまでって……」

「アナタが『あじろ』以外の店でも、真由美ちゃんを付け狙って通っていたことはいったのかしら？」

「付け狙ってただなんて……」

「言葉のニュアンスはどうでもいいの。他の店に行っていたことも話したの？」

「それは……この件と関係ないことですから」

やっぱり言ってないんだ——

「アナタが『クラブM』の常連だったことは言ったんだよね」

ため息を吐いて続けた。

「さっきは指摘しなかったけど、真由美ちゃんに関する投書のことを知って、それが心配で『クラブＭ』に行ったと言うのは順番がおかしいわよ。だって投書が来た時点で、真由美ちゃんは、この界隈に来ていなかったんだもの」

ガンちゃんは押し黙ったままだ。

二人とも無言のままでＪＲ新橋駅構内から銀座線へと続く階段を下りた。

構内地下通路を歩きながら、ガンちゃんに問い質した。

「事件が起きる前から、アナタが真由美ちゃんの部屋に出入りしていたことは……」

横目で見るとガンちゃんは顔を真っ赤にしていた。

「言ってないわよね。それも言えるわけがないわよね」

そんなことを言ったらただでは済まない。

パパやママの耳に入ろうものなら即出禁になるのは間違いない。

銀座線の改札を抜けた。

「端の号車に乗ろうよ。混まないでしょ」

ガンちゃんを誘ってホームの端っこに移動した。

電車を待ちながらガンちゃんに言った。

「私ね、ガンちゃんを疑っていた時期もあったの。でもこの間話しているうちに、ガンちゃんは真由美ちゃん殺しの犯人じゃないって思えたの。それなのに……」

グッと奥歯を噛み締めた。

「今夜のことで、やっぱりガンちゃんが怪しく思えてきたわ」

「どうして……ですか」

「陽動作戦じゃないかって思えたの。警察の注意を『クラブM』に向けさせるためのね」

ガンちゃんは私の指摘に対して無言のままだ。

「私だってガンちゃんみたいな良い子を疑いたくはないよ。だからお願い、もしまだ私に隠していることがあったら正直に話してくれないかな」

しばらく口を噤んでいたガンちゃんが日本橋を過ぎたあたりでぼそりと言った。

「実は僕……」

ガンちゃんの言葉を待った。

信じられないことをガンちゃんが口にした。ちょうど渋谷行きの電車とのすれ違いで車内が煩くて完全には聞き取れなかったが、ガンちゃんは言ったのだ。

「一度だけ、一度だけですけど、僕も三万円を支払いました」

それはガンちゃんも買春をしたと認める言葉だった。

幼気《いたいけ》な家出少女と交接したのだ。

唖然としているうちに電車が上野に到着し、私は呆然自失のまま、乗り換えのために電車を降りた。


次の日、『あじろ』のママから電話があった。

おかしな電話だった。

「和歌ちゃん今夜空いてる?」

「今日は仕事で少し遅くなりますけど……」

「その方が都合がいいんだよ」

「どういうことですか?」

「とにかく今夜来てよね。話はそれからね」

最後に付け加えた。

「無理なお願いをするんだから、今夜のお勘定は気にしなくていいから」

口早にそれだけ言って電話は切れた。

担当替えになって、以前みたいに毎夜毎夜『あじろ』に通うことはできなくなっていたけど、だからといってママから誘われるなんてことはなかった。

なんの話かしら？

気にはなったけど目の前には今日中に確認しなくてはならない原稿がある。

行けば分かることよ——

自分に言い聞かせて仕事に集中しようとした。

でも集中できなかった。

ママからの電話がどうこうというより、私の頭の中は、前日の銀座線でガンちゃんから聞かされたことでいっぱいだった。

「一度だけ、一度だけですけど、僕も三万円を支払いました」

ガンちゃんはそう言ったのだ。

三万円という金額は、真由美ちゃんがパパ活を望む少女らと交接することを希望した男たちに支払わせていた金額だ。それ以前の話の流れからしても、ガンちゃんが少女を買ったとしか考えられない。

あのガンちゃんが少女買春をしていたなんて——

とてもそんな人ではないと思っていた私は、すごく裏切られたような気持ちになった。

あまりに突然の告白だったので、その言葉を問い詰める間もなく、乗り換え駅の上野でガンちゃんを残して下車してしまったけど、だったら真由美ちゃんを殺した犯人はガンちゃんだったのだろうか？

そんなこと信じたくない——

信じたくないけど、そう考えることが妥当だと思えて仕方がない。

ガンちゃんも真由美ちゃんから淫行で脅されていたってことなの？

二人の顔を想い浮かべるが、どうしてもそれが事実だと私には受け入れられないのだ。

あのガンちゃんが——

あの真由美ちゃんが——

想いは同じ場所をグルグルするだけだ。

「手が止まっているぞ」

背後から声を掛けられ我に返った。

編集長だった。

私が任されているのは、自分が会ってもいないタレントの記事なのだ。

芸能事務所から送られてきた資料を見ながら書いている。

「時間までには初校を終わらせるんだぞ」

「分かっています」

「だったら手を休めるな」

言い捨てて編集長が席に戻った。

他の雑誌がどうなのかは知らないが、とにかく週刊誌はいつも時間に追われている。

月曜日に企画出しをし、決定する。

火曜日に取材。

水曜日にも取材だ。

そして木曜日に入稿。

金曜日に初校を確認する。

土曜日の念校はデスクがチェックするので私は休めるが、木曜日は終電を過ぎることも珍しくない。

そして、翌週の火曜日に発売となる。

今日が入稿日でなくて助かったわ――

胸を撫で下ろした私は不毛な作業に戻った。


ようやく仕事が終わって『あじろ』に向かった。

到着したのは午後八時半過ぎだった。

「和歌ちゃんいらっしゃい」

ママがいつものように私を迎えてくれたけど、パパはブスッとしたままなにも言わない。私をチラ見しただけだ。

閉店まで三十分を切っている『あじろ』のお客さんは疎らだった。

カウンターの奥に立った私に、ママがライムハイを作ってくれた。とりあえずレンチンだけで済むシュウマイを注文した。

焼き場に立つパパの手を煩わせるようなものを注文できる雰囲気ではなかった。焼き物だけじゃない。モツ煮もパパの担当なんだ。

シュウマイが運ばれ小声でママに訊いた。

「パパ、どうかしたんですか？　ずいぶんご機嫌斜めみたいですけど」

「それがね……」

ママも小声で囁いた。

「今夜、和歌ちゃんを呼び出すように言ったのはガンちゃんなんだよ」

ガンちゃんが？

「閉店後に大事な話があるってさ」

あれのことか――

あれがどれだか分からないまま、そんな風に考えた。

買春のことだろうか？

それとも、まさか――

真由美ちゃん殺しの犯人が自分だというのじゃないわよね――

「アタシが余計なことを言っちまってさ」

「余計なこと？　ママがパパに言ったんですか」

「覚えているかい。アタシら四人で真由美ちゃんの部屋に行ったろ」

「ええ、行きましたね」

「あの時ガンちゃん、ドア横のボックスを覗き込んで、メーターがそんなに回っていないんで、どうやら不在みたいだって言ったじゃない」

「はい、記憶にあります」

「昨日の夜なんだけど、ウチのブレーカーが落ちてね、アタシが懐中電灯を点けて元に戻したんだよ。その時に気が付いたんだけど、今はもう、クルクル回る円盤みたいな電気メーターはないんだよ」

それは知らなかった。

私にしても自宅の電気メーターなんて見たことないもん。

「アタシはてっきり、ガンちゃんがそれを見て、真由美ちゃんの不在を言ったんだろうって思ったんだけど……」

「ええ、私もそう思いました」

今朝そのことが気になって、ママは電力会社に問い合わせたらしい。

「そしたらさ、円盤みたいなのはないって」

ママがさらに声を潜めた。

「アタシがヘマしたのは、その問い合わせ電話を亭主に聞かれちまってさ。『やいテメエ、朝っぱらからなにを詰まんねえこと問い合わせてんだ』って問い詰められてさ……」

「その理由を告げたんですね？」

「そうなんだよ。亭主の野郎、前の夜にブレーカーが落ちたのは自分のマッサージ椅子のせいじゃないかって、アタシが疑っていると思ってたみたいなんだよ」

説明したら納得はしてもらえたが、話はそれで終わらなかったらしい。

真由美ちゃんの郵便受けに、チラシ類が溜まっていなかったことに広がってしまったんだそうだ。

「あれで真由美ちゃんが帰宅しているって考えたのは和歌ちゃんだよね」

「ええ、私はそう考えました」

「ところが真由美ちゃんの向かいの部屋の人は、最近見掛けないといってたでしょ。ということはだよ、真由美ちゃんが帰宅しているように見せかけたい誰かが、チラシ類を回収してたってことになるんじゃない？」

ママの口調から、ボンヤリとした疑いがガンちゃんに向けられているように思えた。

私のガンちゃんに対する疑いは、ママの話を聞いて強固なものに変わった。田原町駅近くに住むガンちゃんであれば、ほぼ毎日のように、チラシを回収しに行けるだろう。

「そのうえで、今夜閉店後に大事な話があるからってガンちゃんから連絡があったんだよ」

なるほど、それならパパの不機嫌も納得できる。

「あら、いらっしゃい」

ママの声に入り口を見た。

小林さんと杉山さんが肩を並べて入店してきた。

いつの間にか『あじろ』の店内は私だけになっていた。

そこにそんな時間には訪れないはずの二人が訪れたのだ。

「まさかママ……」

「ああ、そうだよ。小林さんも杉山さんもガンちゃんのご指名だよ」

ママが不安を隠さない顔で言った。

どういうことなの？

胸の内でガンちゃんに問い掛けた。

小林さんも杉山さんも憮然としている。

「ベストセラー作家さんの接待を下の者に任せて来たんですよ」

大手出版社の文芸部長を務める小林さんが杉山さんにいった。

「こっちだってそうですよ。今夜は大物コメンテーターの接待だったのに、それを中座して『あじろ』に来たんですからね」

全国ネットのテレビ局の経営企画局のお偉いさんである杉山さんも吐き捨てた。

「飲み物はどうする?」

「ママ、勘違いしてもらっちゃあ困るね。『あじろ』はあくまで一軒目の店なんだ。銀座のクラブで飲んでいた僕が、ここで飲み直すはずがないじゃないか」と、小林さん。

「僕だってそうだ。銀座のワインバーで飲んでいたんだ」と、杉山さん。

「それじゃあいいけどさ」

ママがあっさりと引き下がった。

パパは腕組みをしたまま小林さんや杉山さん以上に憮然としている。

こんな無礼なことをいう連中を、どうして怒鳴りつけないの?

不思議に思ったが、次の二人の会話で氷解した。

「今夜この時間に来ないと出禁にすると言われてはね」

小林さんが苦々し気にいった。

「ああ、そうだよね。一軒目の店がなくなっちゃうもんね」

杉山さんが同意した。

そうなんだ――

パパかママのどちらかは知らないけど、二人を脅してこの時間の『あじろ』に足を運ばせたんだ。

だったらパパも、いつもみたいには怒れないよね――

でもそう考えると余計に不安になった。

そこまでするということは、パパもママもガンちゃんを本気で疑っているか、心配しているってことじゃないかしら。

たぶんママは、私に言ったように、この二人にも、お勘定の心配はしないでいいって言ったんだよね。

でも――

と、頭の中がグルグルした。

小林さんと杉山さんは、真由美ちゃんの事件を特ダネになるかも知れないと考える人たちなのだ。

どうしてそんな人たちを――

ガンちゃんがそれを望んだから？

だったらどうしてガンちゃんは？

「ママ、お代わりお願い」

考えがまとまらないので、二杯目のライムハイを注文した。

「あいよ」

私が飲み干したグラスに氷を足して二杯目のライムハイが渡された。

それに口を付けた時、入り口に人影が現れた。

ガンちゃんだ！

全員の視線がガンちゃんに向けられるが誰もなにも言わない。

言わせないオーラじみたものをガンちゃんは全身から漂わせている。

『あじろ』の店内の中程で足を止めて、ガンちゃんが深々と頭を下げた。

そしてはっきりとした声で言った。

「埜原真由美さんを殺したのは僕です。僕が殺人犯です」

再び頭を深々と下げた。

全員が凍り付いていた。

「未だいけますか？」

戸口から声がした。

「ごめんなさい。今日はもう終わりなんです」

ママがお客にそつなく対応した。

パパが腕時計を確認した。

「おい、閉店時間を過ぎてるじゃねぇか。早く店を閉めろッ」

ママがそれに反応した。

「あいよ。暖簾を下げるよ」

「俺は赤提灯だ。和歌子、オメェもぼさっと突っ立ってんじゃねぇよ」

言われて体が反応した。

頭を下げたまま動かないガンちゃんの代わりに、カウンターや立ち飲みテーブルの食器やグラスを片付けた。

小林さんと杉山さんは固まったままだ。

いっとき三人がバタバタして、閉店作業が終わり、パパが折り畳み椅子に腰を下ろしてハイライトに火を点けた。

「飲みもんでもなけりゃ、場が持たねえだろ。俺の分とオメェの分、それから銀座とやらで高ぇ酒を飲んできたとかほざいていた、その二人にも飲みもんを用意してやりな。こんなケチな店のレモンハイじゃお口に合わねぇだろうがよ」

やっといつものパパに戻った。

「あいよッ」

ママも、だ。

「おっと、それからそこで頭を下げてる殺人犯とやらにも飲ましてやりな。確かビールだったな」

軽快な動きに戻ったママがテキパキと飲み物を用意して、全員がそれに口を付けた。飲むのを拒んでいた小林さんも杉山さんも、気を落ち着かせるためだろう、レモンハイにゴクゴクと喉を鳴らした。

「さてと、それじゃあガンの字、テメェの話を聞こうじゃねぇか。いいか、端折んじゃねぇぞ。いちから話すんだぞ」

「はい、あれは一年以上も前のことでした」

ガンちゃんが話し始めた。

「工場視察が思ったより早く終わった日、僕は上野から自宅に帰らず、そのまま『あじろ』に足を向けました。でも早過ぎる時間だったので、開店までの時間潰しだと考えて、近所の店に入ったんです」

その店は昼から営業している店だった。

「店の奥にあったテレビのゴルフ中継を観ながら飲んでいるうちに『あじろ』の開店時間になったんですけど、その時間から行ってもまだ真由美さんは来ていないだろうと、チビチビやっていたら……」

真由美ちゃんがその店に現れた。

「なんか『あじろ』以外で飲んでいたという罪悪感もあって、声は掛けませんでした」

ガンちゃんらしいわね——

そんなことを気にするパパじゃないし、私だって新橋の路地裏には『あじろ』以外に通う店もあったけど、それを気にするのがガンちゃんだ。

「そしたらその店でも真由美さんは、『あじろ』と同じように、男の人たちと親し気に会話していたんです」

そのことが気になって、ガンちゃんは、それから仕事が早く終わった日には、たびたび新橋の裏通りのいくつかの店を訪れるようになったらしい。

そのうちにガンちゃんは、真由美ちゃんが『あじろ』に来店する前に、三軒の飲み屋を梯子しているのを知った。

ガンちゃんがその三軒の店名を並べた。

私が突き止めた三軒の飲み屋だった。

「まるでストーカーじゃねえか」

パパが呆れた声でいった。

「そう思われても仕方がないわよね。でも、ガンちゃんが付きまとったのは、その三軒と『あじろ』だけじゃないんでしょ」

ガンちゃんが話を続けやすいよう、アシストのつもりで言ってあげた。

自分が真由美ちゃんを殺したと認めているガンちゃんなんだ。私が言わなくても自分から話をするだろう。

ライムハイのお代わりをママに注文した。

これから先の話を考えると酔わずにはいられなかった。

「そうです。『あじろ』を含めた四軒だけではありませんでした」

私の言葉に頷いて、ガンちゃんもビールを追加した。小林さんと杉山さんはガンちゃんの話に聞き入っているのか、最初のひと口だけで、未だグラスの半分も飲んでいない。

「僕は美雪ママの『クラブM』にも通いました」

「ということは、真由美さんは『クラブM』にも通っていたの？」

驚いた声を上げたのは杉山さんだった。

「そんな毎晩遅くまで飲んでいたら、昼間の仕事に差し支えるじゃん」

小林さんも疑問を口にした。

そうか、この二人は未だ職業を偽っていたことを信じていなかったんだ――

「真由美さんは『クラブM』でチーママとして働いていたんです」

それも以前に明かされている事実だった。

「だってそれじゃ……あの店は明け方まで営業しているんだろ。その『クラブM』でチーママをしていたってことは……」と、小林さんが不満げに言った。

どうやら自分の思い込みが間違っていたことに気付いたようね――

「ええ、土日祝を除く平日は毎日勤めていました」

「やっぱりチーママだなんて、真由美ちゃんのイメージと合わないなあ」

困惑する顔で杉山さんが言った。

「女は化けますからね。ウィッグを着用してお化粧をしたらまったく別人になります。先入観だけで決め付けない方が良いですよ」

私の目の前で、普通のオバサンから見事に変身した美雪ママの姿を思い浮かべながら言ってやった。不謹慎だけど、私のことを軽く見ていた二人に、意趣返しみたいなことをした気持ちになっていた。

「以前美雪ママがこの話をしていた時に言っていましたけど、真由美さんは『クラブM』でパパ活の斡旋をしていました」

私の話にコホンと杉山さんが咳をした。

「そんなことを聞いたような記憶もあるけど、本当だったんだ」

未だ得心していないような口調で言った。

「本当にしていました。でもその場でパパ活を持ち出すのではなく、自分の手料理を食べさせたいので、自宅に来ないか。自宅は浅草なので、その前に浅草観光をしないか。そんな誘いだったのかも知れません。あるいは浅草観光に誘い、その後現地で、自宅に誘ったのかも知れません。男たちはまんまとハメられたのです」

ガンちゃんが細かく説明した。

「ガンちゃんの場合はどうだったの?」

私が訊ねると素直に答えた。

「僕の場合は手料理を食べさせてあげると誘われました」

「ところが自宅を訪れるとそうではなかったのね」

「ええ、三人の少女が居ました。その内の誰でもいいのでパパになってやってくれないか、試しに抱いてみてもいい。その場合は一回三万円だと言われました」

「それで三万円を支払ったの？」

「さすがに初回はお断りしました」

「初回は？」

「二度目も三度目もお断りしました」

「そんなに何度も誘われたの？」

「いいえ、誘われたのは最初の一回だけで、それ以降は自分から出向きました」

「どうして？」

「相変わらず真由美さんが、『クラブM』のお客さんに、浅草に来ないかと声を掛けているのを知っていたからです」

「つまり真由美ちゃんは『クラブM』を狩場にしてパパ活にハマりそうな男性を物色していたのね」

「ええ、具体的な話を持ち掛けるのは『クラブM』でしたが、それ以前に真由美さんが『クラブM』に誘っていたのは『あじろ』を含めた四軒の居酒屋でした」

ガンちゃんが『あじろ』の店名を口にし、折り畳み椅子に座ったパパがそれにビクリと反応したが、隣に立つママがパパの肩を押さえて鎮めてくれた。

ありがとうママ――

言葉に出さず目線でママにお礼を言った。

今はガンちゃんのやったことを正確に訊き出さなくてはいけない場面なのだ。

パパが割って入ったのでは、話がややこしくなってしまう。

「真由美ちゃんは四軒の居酒屋で誘った男の人たちの、金払いの良し悪しを『クラブM』で測っていた。そう考えていいのね?」

「おそらくそうでしょ。『クラブM』に指名で入るとワンセット一時間で二万円の料金が掛かりますから」

それは決してボッタクリという金額ではないが、たとえば『あじろ』で飲むお客さんにしてみれば、かなりの金額ともいえるだろう。

ある夜のパパとお客さんの口論を思い出した。

お勘定が千円少々のお客さんがパパに差し出したのは一万円札だった。

釣銭がないとパパが言い、それくらいは用意しておけよと抗議したお客さんとパパとの間で口論が起こったのだ。

「ウチの店の相場を知ってんだったら、それなりの少額紙幣を用意してきやがれ」

釣銭を用意しておけと抗議したお客にパパが反論した。

「それが客に言う言葉かッ」

お互いに声を荒らげ、このままじゃ拙いと感じた私が申し出た。

「パパ、その一万円、私がそこのパチンコ屋で両替してきます。それでいいでしょ」

「和歌子、こんな奴のためにオマエに手間を掛けるわけには」

「いいじゃないの。せっかく和歌ちゃんが言ってくれているんだから甘えなよ。お客さんもそれでいいでしょ」

ママがパパとお客さんの間に入ってくれて、私はパチンコ屋に走り、それでことは収まったのだが、しょせん『あじろ』はその程度の金額で飲める店なのだ。

『あじろ』に限らず、真由美ちゃんが『クラブM』に誘っていた他の三軒の居酒屋のお勘定もそんなものだったのだろう。誘ったお客の懐具合を『クラブM』で真由美ちゃんが確かめていたというのは十分に頷ける話だ。

「指名料を含めたワンセット二万円だけではありません」

ガンちゃんが話を続けた。

「真由美さんは売れっ子でしたから、他のテーブルからも指名が入ります。その場合はヘルプの女の子と替わりますが、その子が飲むドリンク代は別料金として加算されます」

「それは私も美雪ママから聞いたわ。ガンちゃんはヘルプの女の子に強請られても、追加のドリンクには応じなかったのよね。それだけじゃない。『クラブM』のもっとも大きい収入源であるシャンパンも頼まなかった。だからガンちゃんは、毎日のように通うけど、太客とは言えないと美雪ママが言っていたわ」

「ワンセットだけの料金でも累計すると、月に四十万円くらい掛かるんですよ。それが僕の限界でしたよ。貯金をだいぶ切り崩しましたし」

「それでもガンちゃんは毎日のように『クラブM』に通い詰めた。それだけじゃない。土日になると真由美ちゃんの部屋に押し掛けもした。それはどうしてなの?」

「パパ活の斡旋を止めさせたかったからです。でも真由美さんの部屋に通って事情を知るうちに、その考えも少しずつ変わりました」

「どう変わったのかしら?」

「真由美さんは自分のためにパパ活で稼いでいたんじゃないんです。家出少女たちを保護するための資金にしていたんです」

「それは行政の仕事じゃない？　個人でやるべき仕事じゃないでしょ」

「和歌子さんは、境界知能という言葉を知っていますか？」

「ごめん。知らない言葉だわ」

「知的障害の認定が受けられない知能指数の子供たちなんだ」

杉山さんが割って入った。

「支援が届きにくい子供たちなんだよね。子供に限ったことじゃないけど」

小林さんが付け加えた。

「もう少し詳しく教えてもらえないでしょうか？」

「つまりだね――」

小林さんが解説してくれた。

平均的な人間の知能指数は八五から一一五くらいの領域にあるらしい。

それが七〇を下回ると知的障害者ということになる。

「七〇から八五の間にあるのが境界知能と呼ばれる人たちと言われているんだ。七〇以下だったら発達障害とかパーソナリティ障害とか、そこのところは担当医の匙加減にもよるんだけど、それなりの診断書が発行されて、行政の支援の対象になる一方で、境界知能の場合は支援から取り残されることがままあるんだ」

「ケーキを三等分できない子供のことが話題になったことがあるだろ」

杉山さんが補足した。

「あれは分かりやすく喩えた話なんだけど、境界知能の人たちは、考えていることを言語化しにくいという特徴もあるんだ。それが理由で職に就けない、就いても続けられないということになりやすいんだよね」

「家出少女に境界知能の子が多かったということには頷けるね」

小林さんが言った。

「そうだよね。それに、境界知能であっても家庭環境がまともであれば、家出なんてしないだろうからね」

杉山さんが同意した。

「真由美ちゃんが保護していたのは、そんな子供たちばかりだったの？」

ガンちゃんに確かめた。

選んで保護することは難しいだろう。

さらにパパ活をやらせていたという説明にはならない。

「家出少女のすべてがそうだったというわけではないでしょうが、そのような少女が多かったようです。中にはクズ親にＤＶを受けて逃げ出した娘もいます」

「日本の人口の一四パーセントが境界知能だと言われているからね」

小林さんがガンちゃんの言葉に理解を示した。

「それとパパ活とが結び付かないんですけど」

思ったままの疑問を口にした。

「承認欲求と資金集めのためですよ」

ガンちゃんが答えた。

「家出少女の多くは承認欲求に餓えています」

「それが充たされていれば家出なんてしないだろうからね」

ガンちゃんの言葉に小林さんが同意し、杉山さんも頷いた。

「つまりその承認欲求を充たすために、真由美ちゃんは家出少女らにパパ活という名目の買売春を強いたということなの？」

「自分の性が売り物になる。それだけで承認欲求が充たされるケースもあったんじゃないでしょうか？」

「いや、一概にそうとは言えないな」

杉山さんに否定された。

「家出少女の売春は、ある種の自傷行為とも考えられる。リストカットや自殺と同じ平面にあるといっても過言ではないんだ。真由美ちゃんは、そのあたりのことを心得たうえで、少女らにパパ活を斡旋していたのかも知れないね。あくまで僕の推測だけど」

「そうです。僕も真由美さんからそう説得されました。この子たちを助けたいんだったら、体を買って金を払ってくれって。でも、それだけじゃありません。それで得たお金を資金にして、真由美さんはシェルターを営んでいたんです」

「シェルター？」

「真由美さんはそう呼んでいましたが、家出少女らの居場所を作っていたんです。浅草の馬道通りと言問通りの交差点近くのシェアハウスを手当てして、彼女らの世話をするオバサンを雇っていました」

「家政婦的な？」と、小林さん。

「それもありますが、それだけでは足りません。彼女らの行いや考え方をすべて受け入れ、徹底的に肯定するオバサンを雇っていたんです」

「それだけでもずいぶん違うよね」

小林さんが納得した。

「境界知能で家出するような娘さんらは、主には親にだけど、肯定されることが少ないだろうからね。学校でもそうだ。勉強についていけない。それで授業のジャマだと排斥されるんだよね」

「ゆとり教育が始まったのもそれが理由だったね」

杉山さんが付け加えた。

「そうだったね。あれは酷かった。円周率も三・一四じゃなくて三にしちゃったこともあったんだもん」

「どうしてそんなことをしたんですか？」

ゆとり教育と呼ばれる制度が導入されたことは知っていたが、円周率を三にしてしまったことは知らなかった。

「要は、勉強についてこれない生徒のために授業を遅らせたくないということだったんだよ」

「でもそれじゃ、勉強ができる子の学習が不十分になるじゃないですか」

「そこがゆとり教育の酷いところでね。勉強ができる子は、塾でちゃんとした教育を受ければいいって考え方だったんだ」

「全員が塾に通えるとは限りませんよね。経済的な問題もあるでしょうし」

「だから貧乏人の子供は切り捨てても構わないって考えでさ」

「酷くないですか」

杉山さんと私の会話に小林さんが割り込んだ。

「今はゆとり教育の話をしている場面じゃないでしょ。ガンちゃんの話を聞くのが先決じゃないですか」

言われてみればそうだ。

「ガンちゃん、話を続けなよ」

小林さんに促されてガンちゃんが話を再開した。

「そのうえで、真由美さんは、彼女らをボランティア活動に参加させていました」

「なるほど、社会との接点を与えていたんだ」

小林さんが感心した。

「実際に少女と肉体関係を持って、情が移る人も居たようです」

「その場合はその少女の保護を託したの？」

「ええ、そうです。託す時に念書を取っていました。保護と称して少女の肉体だけを目的にするようなことがないように、です。少女をネグレクトしないこと、家族のようにちゃんと生活を共にすること等々、細部にわたる念書を書かせていました」

「もしそれに違反したら、淫行とか少女買春で訴えると脅したのね」

私が確認した。

「脅したというかその文言も念書にありました。僕も念書に署名捺印するように迫られましたが、自信がなくて……」

ガンちゃんは少女との婚姻まで迫られたそうだ。

「さすがにそれはキツイな。生涯の伴侶とする女性との出会いが売買春じゃね」

小林さんが呆れた顔をした。

「年齢がいっている男性とか妻子のある男性には養子縁組も迫ったようです。家出少女とそうなるのにはだいぶ無理がありますが、真由美さんはそこまで暴走していたんです」

「戸籍上も家族になれって求めていたのか。気持ちは分からないでもないけど、真由美ちゃん、思い込み過ぎだよ。家出少女らと関わっているうちに、極端な考え方をするようになったんだな」

「ある意味でモンスター化したんだよね」

小林さんの言葉に杉山さんが同意した。

「で、実際に結婚したり養子縁組したりした男の人はどれだけいたの？」

私の問い掛けに、ガンちゃんが項垂れて首を横に振った。

「分かりません。いなかったんじゃないかと思います」

「いないだろうね」と、小林さん。

「いるわけないよね」と、杉山さん。

「それで段々真由美さんは苛立つようになって……」

「なって？」

「八つ当たりするようになりました」

「誰に？」

「僕にです。何度も真由美さんにビンタされました。僕に腹を立てていたんじゃないと思います。真由美さんの要求を呑まなかった男たちに対する怨嗟の言葉を吐きながら、僕をビンタしていましたから。その上で、パパ活を斡旋した男たちを恐喝するようになったんです」

「ガンちゃん、アナタも脅されたの？」

「いえ、僕なんかそれほどお金もないですし、社会的な地位も知れていますから……。家族も田舎の両親だけですし」

「つまり真由美ちゃんは、お金もあって、社会的な地位も高くて、奥さんや子供のいる人に的を絞って恐喝していたのね」

「ええ、そうです」

「いよいよ、本当にモンスター化したんだね。自分のやっていることが正義だと信じているだけに、そうなると手が付けられなくなるな」

小林さんが嘆息した。

「そんな真由美さんを僕は何度も説得しようとしました。あまり煩くいうと僕も訴えると脅かされましたが、実際に真由美さんが訴えた事例は一件もありませんでした。慰謝料と称した金を巻き上げて円満解決していたんです」

「そりゃそうだろう。法廷に持ち込まれたら、真由美ちゃん自身の売春斡旋も明るみに出てしまうだろうからな」

杉山さんの言葉にガンちゃんが頷いた。

「だから僕は逆に真由美さんを脅しました。このまま恐喝を続けるのであれば、真由美さんを警察に訴えると」

「ただの脅しだったんじゃないの？」

ガンちゃんの性格を考えると、とてもそんな手荒な真似ができるとは思えなかった。

「ええ、それは真由美さんにも見抜かれていました。それに、もし私が刑に服することになったら、シェルターに保護している家出少女たちはどうなるの、と激昂されると僕は言い返すことができませんでした」

徐々に真由美ちゃんのやり方は過激になっていったらしい。

家出少女の意思とは関係なく、場合によっては、泣いて嫌がる子にも売春をさせるようになったという。

「それだけではありません。相手が望めばヘンタイ的な行為まで少女らに強いるようになったんです」

「ＳＭプレイとか？」

興味を隠せない表情で杉山さんがいった。

「乱交プレイとか？」

小林さんも目を輝かせている。

「そんな感じです。それを隠し撮りして恐喝のネタにしていました」

ガンちゃんの話によると、真由美ちゃんが家出少女たちのために用意した浅草花川戸の三階建てのシェアハウスは六室あったらしい。一部屋に二人ずつ、計十二人の家出少女を真由美ちゃんは保護していたという。

三階のお風呂とキッチンは共同で、トイレは各階一室ずつだった。

「そんな仕打ちを受けたら、そのシェアハウスから逃亡する女の子もいたんじゃないの？」

「ええ、いました」

「真由美ちゃん、怒ったんでしょうね」

自分のやっていることが彼女らのためだと信じているのであれば、容易に想像できる。

「はい、激怒しました」

「当然それだけじゃ済まないわよね」

問い詰めるとガンちゃんの瞳が揺れた。

「激怒して、どうしたのよ」

ガンちゃんは結んだ唇を左右させている。

「知っているんでしょッ」

ライムハイを飲み干してグラスをカウンターに叩き付けた。

「軟禁しました」

やっとのことでガンちゃんが口を開いた。

「それだけじゃありません。保護している女の子たちにまで暴力を振るうようになったんです。罵りながらビンタするんです」

「どうしてアナタがそれを目撃できたのよ？　だって女の子らはシェアハウスに軟禁されていたんじゃないの？」

「お仕置きを、これは真由美さんの言葉ですが、お仕置きをする時は、花川戸のマンションにひとりずつ連れて来て、僕に見せるようにビンタするんです。女の子が泣き喚かないよう、タオルで口を塞いでです。女の子が暴れないよう背後から抱き抱えているのが、僕の役割でした」

ガンちゃんを睨み付ける視界の外で、ママが私のライムハイを作ってくれた。

「ありがとう、ママ」

ライムハイが充たされたグラスを受け取って、ママに微笑みかけた。

「あんまりきつく言わないであげなよ」

ママに言われた。

そうじゃないの、ママ――

言葉を選んでいると小林さんが私の代わりに言ってくれた。

「真由美ちゃんが、どこまでモンスター化していたかということを、ハッキリさせておくことは大切なんですよ。だよね、杉山さん?」

「ああ、そうだな。ここまで話したということは、ガンちゃん、この後で自首するつもりなんだろ。だったら今後の裁判のためにも、状況を詳らかにしておくことは大事だよ」

「そうそう、弁護士の優劣によってだいぶん判決が変わるからね」

小林さんが頷いた。

弁護士?

私にも今夜ガンちゃんが自首するつもりだと察することはできたけど、弁護士のことまで考えが及んでなかった。

小林さん――

杉山さん――

やっぱり二人は頼りになるわ。

「小林さんか杉山さんが弁護士を手当てできるんですか？」

期待を込めて二人に訊いた。

「ああ、杉山さんのところにも、もちろん僕の会社だって、それなりに優秀な顧問弁護士を抱えているし、友人もいるからね。刑事が専門の弁護士じゃないけど、事情を話せば、その方面に強い弁護士を紹介してもらうこともできるさ」

「ありがとうございます。心強いです」

「さすがに執行猶予は難しいと思うけど、刑期を軽くすることはできるんじゃないかな」

「別にそんなつもりで……」

ガンちゃんが戸惑いの声を出した。

「ただ、真由美さんとは親しかったお二人だったので……」

自首する前に告白しておきたかったのね――

ガンちゃんらしいわ。

「ガンちゃんが計算ずくで、僕たち二人に声を掛けたんじゃないって分かっているよ。そもそもそんな計算ができる人間じゃないってこともね」

杉山さんの声が優しい。

「それじゃ腰を据えて聞きましょうか」

小林さんがグラスを空にした。

「そうだね」

杉山さんもグラスを干した。

ママからレモンハイを受け取った二人が奥の立ち飲みテーブルに移動した。

私とガンちゃんも呼ばれ、テーブルを囲む格好になった。

「モツの煮込みでも食いなよ」

パパが言ってくれて、ママがパパの差し出したモツ煮をテーブルに運んでくれた。

カラン――

静まり返った『あじろ』の店内に氷がグラスに転がり落ちる音が響いた。

パパね――

見なくても分かった。

パパは仕事中に瓶ビールを飲むけど、忙しくて酔わないようにする時には、グラスに氷を浮かべるんだ。

ママはパパよりアルコールに強いからそんなことはしない。

カランという音は、今夜パパが酔わないようにするためグラスに氷を入れた音なんだ。


小林さんと杉山さんが立ち飲みテーブルの奥に立ち、向かい合う形で私とガンちゃんが並んで立った。ママは立ち飲みテーブルの横のカウンターに肘を突き、パパはカウンターの中からママの隣に折り畳み椅子を移動した。

「それじゃ始めますか」

小林さんが口火を切った。

「一応これまでのところをまとめておくよ」

レモンハイで喉を湿らせた。

「真由美ちゃんは『あじろ』を含む四軒の居酒屋で獲物を物色し、『クラブM』に誘導した。そこでそれぞれの客の懐具合を測った。その一方で真由美ちゃんには保護している家出娘たちがいた。その娘らに売春させた金で、彼女自身がシェルターと呼ぶ花川戸のシェアハウスに家出娘らを住まわせていた。しかし彼女らを養う資金に窮した真由美ちゃんは、積極的に家出娘らに売春を斡旋し、買春した男たちを、淫行をネタに強請るようになった。それがどんどんエスカレートし、遂には変態プレイまで強要されることになった娘らの何人かはシェルターから脱走した。話はここまでだったね」

「それじゃ、真由美さんだけが悪者みたいじゃないですか」

抗議するガンちゃんを小林さんが睨み付けた。

「被告は無断で発言しないように」

なにそれ？

模擬裁判でもやっているつもりなの？

「脱走した家出娘に激怒した真由美ちゃんは、残った家出娘らを軟禁したということだけど、もう少し具体的に説明してもらえるかな？」

「はい、それぞれの部屋に南京錠を取り付けて、その鍵は管理人のオバサンが持つようになりました」

「その管理人のオバサンというのは、それまでは家出少女の行いや考えを全肯定していたオバサンなのかな？」

「いえ、違う人間でした。最初のオバサンにはそんなことできないと反対されて、解雇し、別に雇った気の強いオバサンでした。ボランティア活動への連れ出しもなくなりました」

「なるほど、その時点で少女たちの承認欲求は無視されたんだね」

「いえ、必ずしもそうとはいえません。真由美さんは少女らが望む服や、ゲームや、漫画なんかを望むだけ買い与えていました」

「ガンちゃん、そんなことをしていたから、真由美ちゃんは資金不足に陥ったんじゃないのかしら？」

私の問いにガンちゃんが俯いた。

やっぱりそうなのね――

だから少女たちに売春させるだけではお金が足りなくなって、恐喝にまで及ぶようになったんだ。

「それが少女たちの承認欲求を充たすものだったとは、必ずしもいえないんじゃないかな」

杉山さんが言った。

「僕にはむしろ、真由美ちゃん自身の承認欲求を充たすための行動に思えるんだけど、その点、小林さんはどう考える？」

「そうだね。私はここまでやってあげているんだと、真由美ちゃんの身勝手な自己満足を感じてしまうね」

なるほど、そういう見方もできるかも――

「でも、真由美さんは『クラブM』の給料も自分のことにはろくに使わずに、少女たちのために使っていたんですよ」

ガンちゃんが反論した。

「それはキミの推測に過ぎないんじゃないか。そもそも『クラブM』の稼ぎはどれくらいあったんだろ?」

小林さんの質問は私に向けられたものだった。

「だいたいのところでお話ししますけど、真由美ちゃんはほぼ毎日複数のお客さんの指名を受けていたんですよね。指名料の大半はキャストの取り分になります。それに加えて、セット料金以外のシャンパンとかの売り上げも、半分はキャストのものになります。月に四十万円は使っていたガンちゃんのことを、太客ではないと美雪ママが言っていましたから、百万円近くの収入を真由美ちゃんは得ていたのではないでしょうか」

私の発言に力を得たガンちゃんが言った。

「真由美さんの生活は、とても月に百万円の収入がある人のそれには見えませんでした。やっぱり彼女はそのほとんどを家出少女のために使っていたんですよ」

「だからと言って彼女の罪が許されるものではない」

小林さんが一蹴した。

「それだって、真由美ちゃんが自己満足のためにやっていた、とも考えられるんじゃないのかな?」

あれ？

なんか違和感を覚えたが、話はそのまま進んだ。

「そもそもガンちゃんはどうして、今夜僕たちに告白して自首しようと考えたんだい？」

「それは……」

「和歌子さんに、自分の犯行を見抜かれたと感じたからです」

「私は……」

「どうなんだい和歌子さん？　キミが名探偵だったとは意外だね」

「名探偵なんかじゃないです」

慌てて、両手を広げて目の前で振った。

私は美雪ママから聞いた話に疑問を抱いて、浅草の『金太郎寿司』でガンちゃんに質しただけだ。それにガンちゃんはとても素直に答えてくれた。

あの時点で自首することを決めていたんじゃないの？

真由美ちゃん殺しを隠したままにしているのに、耐えられなくなったんじゃないの？

「そして今朝、ママからも決定的な疑問を投げ掛けられました」

「アタシの疑問って……」

私と同じようにママも絶句した。

「どうもお二人は、僕と杉山さんに話していないことがあるようですね。全部話してくれませんか。どんな些細なことも弁護士に依頼するためには必要なことなんですから。ガンちゃんの裁判を有利にするためにね」と、小林さん。

そういうことなのね――

さっき感じた違和感が解れた。

小林さんが、ことさら真由美ちゃんのことを悪く言っていることに違和感を覚えたんだけど、あれはガンちゃんの裁判を有利に運ぶための、小林さんなりの筋書きだったんだ。

真由美ちゃんが稀代の悪女みたいに扱われるのは、私の本意とするところじゃないけど、確かに真由美ちゃんのやったことは許されることじゃない。

真由美ちゃんがやっていたことは管理売春と軟禁なんだ。

しかも幼気な少女を使った売春だ。

さらにそれをネタにして恐喝までしていたんだ。

パパ活という新語を悪用し、少女らの、あるいは自分の罪悪感を薄めていたかも知れないけど、形式としては立派な管理売春だろう。ガンちゃんが犯した殺人という罪は、真由美ちゃんの犯した罪より遥かに重い罪だろうけど、その根底に流れていたであろう意識を考えると、私には真由美ちゃんの罪の方が重く思える。

真由美ちゃんが、どうしてそこまでして自己満足を得たかったのか、それを推し量ることが私にはできないけれど――

「アタシがガンちゃんに電話したのは、電気メーターのことだったんだよ」

ママが話し始めた。

電気メーターにクルクル回る円盤がなかったことを知り、どうやってガンちゃんは真由美ちゃんの不在を知ったんだろうかと疑問に思ったことを説明した。

その疑問をガンちゃんにもぶつけていたのね――

「四人で真由美ちゃんの部屋を訪れた時の話なら、他にもあるの」

私がママに付け加えて郵便受けのチラシ類がなかったことを告げた。

「なるほど、興味深い。つまりその時点で真由美さんは不在だったのではなく、殺されていたかも知れないということなんだね」

小林さんの言葉に被せてガンちゃんが言った。

「知れないじゃありません。殺されていたんです。そしてその発見が少しでも遅れるよう、僕が工作していたんです」

きっぱりと言い切った。

「真由美さんを殺したのは、夏のはじめでした」

「あの娘が『あじろ』に来なくなった時期だね」

しみじみとママが言った。

「深夜になるのを待って、殺した真由美さんを毛布に包んで、近くのコインパーキングに停めておいたカローラに乗せました。そのまま死体の発見場所である奥多摩の林に運んだんです。落ち葉でカモフラージュしました」

「埋めようとかは思わなかったの？」

ガンちゃんに質問した。確か真由美ちゃんの死体を発見したのはハイキング中の人だった。埋めていたらそんなすぐには発見されなかっただろう。

「それは無理だな」

ガンちゃんに代わって杉山さんが答えた。

「林の地下には木の根が張っているんだよ。死体を埋めるのに十分な深さを得ることなんてできないよ」

「スコップとかも持っていませんでしたし……」

ガンちゃんが付け加えた。

「それから僕は真由美さんの不在を隠蔽するために、毎朝出勤前に郵便受けのチラシを回収したりしました」

それがガンちゃんのいう「工作」なんだろう。

「そうなんだ。チラシの件は法廷で明らかにされないよう、弁護士に伝えておかないとね」

小林さんが危ういことを口にした。

「いずれにしても、それが争点にならなければいいんだ」

悪巧みする顔だった。

「問題は殺意だろうな」

小林さんの指摘に杉山さんが付け加えた。

「犯行の計画性も争点になるんじゃないかな?」

「ごもっとも」

杉山さんに答えた小林さんが、体を捻ってガンちゃんに質した。

「真由美ちゃんを殺した日、キミは彼女を殺すつもりで部屋を訪れたのかな?」

「そんなわけないじゃないですか。いつものように説得するつもりで行ったんですよ」

「つまり部屋を訪れた時点で、殺意はなかったということだ」

「ええありませんでした」

「どのタイミングで殺意が芽生えたんだろ?」

「真由美さんに『出ていってよッ』と大声を出され、とっさにクリスタルの灰皿で殴ってしまいました」

「警察の発表では紐のようなもので絞殺されたとなっているけど？」

「頭から血を流して床に倒れている真由美さんを見ているうちに思ったんです。誤って殺してしまうことになるかも知れない。でも、心臓は動いていました。その時です。このまま生きていても、真由美さんは泥沼に溺れていくだけだろう。それならいっそのこと……」

「なるほど、そこで殺意が芽生えたんだね」

「殺意というか……」

ガンちゃんが考え込んでから言った。

「楽にしてあげようと思ったんです」

「それを世間では殺意と解釈するんだよ」

「アタシは違うと思うね」

異論を吐いたのはママだった。

「それはガンちゃんの優しさだよ」

そうだよね、ママ――

それがガンちゃんの優しさだったんだよね――

「優しさゆえの殺人か……」

杉山さんが呟いた。

「特番の切り口としてはちょっと難しいな」

「それは杉山さんの腕の見せどころじゃない」

揶揄する口調で小林さんが言った。

「そっちは活字媒体なんだから、その点は楽だろうけど、こっちは映像だからね。インパクトが強すぎるんだよ。ＳＭプレイとか、乱交プレイとか、活字で書くならともかく映像となると難しいよ」

なんて人たちなの！

未だこの事件を自分たちのネタに使おうとしているんだ――

さっき二人を頼もしく感じた自分が情けなく思えた。

「止めて下さい。真由美さんのことをマスコミで取り上げるなんて、彼女が可哀想です」

ガンちゃんが抗議した。

「ガンちゃん、これはパパ活問題だけじゃないんだよ。境界知能の人達が社会から見捨てられている問題でもあるんだよ」

杉山さんがガンちゃんを諭した。

「そうだよね。真由美ちゃんのケースだけじゃないんだ。パパ活を契機に不幸の沼から脱け出ることができなくなっている少女たちは大勢いるんだ。それに境界知能は全体の一四パーセントを占めると言っただろ。決して他人事じゃないんだよ」

小林さんも言った。そして続けた。

「境界知能は先天的なものもあるけど、後天的、即ち育った環境も影響するんだ。今の日本は多くの人が相対的貧困なんだよ。そうなると子供に目を遣ることもできなくなる。そんな子供たちが、『プチ家出』とかに薄められた言葉で居場所を失っていくこともあるんだ。子供たちだけじゃない。若者だってそうだ。深夜の新橋桜田公園に行ったことがあるかい。以前はホームレスの溜まり場だったけど、今では若い連中が大音量で音楽を流して、缶酎ハイを飲んでいる。彼らも社会から棄てられた——本人たちにその意識があるかどうかは別として、棄民なんだよ」

説得力あるじゃない——

小林さんと杉山さんを、興味本位でなんでもネタにする人種だと思っていた自分が恥ずかしくなった。

アンタどうかしているわよ——

内心で自分を叱る声がした。

さっきから二人への評価が二転三転しているじゃない？

仕方ないでしょ。こんな状況なんだから――

小林さんがなおも話を続けた。

「そうした棄民の中でも、多くの少女が性産業に取り込まれているんだ。トラップはそこかしこにある。以前も今もホストクラブが問題視されることはあるけど、今はコンカフェ、いわゆるコンセプトカフェだな。最近では一見美男子風の従業員を配したコンセプトカフェが出現し始めているんだ。アルコールを提供しないので未成年女子も入場制限はされない。そこで少女らは自分の『推し』を見付けて金を貢ぐんだ。そしてその金を得るためにパパ活へと走る。そんな世の中になっているんだ」

社会正義に対する意気込みさえ感じさせられる小林さんの弁説だった。

「今回の事件をそういう切り口で取り上げようとしている僕らの考え方が間違っているとキミは思うのかい？」

小林さんに詰め寄られてガンちゃんが答えた。

「いえ、思わないです」

そして小声で「たぶん」と付け加えた。

ガンちゃんの「たぶん」を聞き捨てて小林さんがいった。

「それなら、取材に協力してもらいたいね。真由美ちゃんの悪事を洗い浚い吐いてもらおうじゃないか」

小林さんの恫喝にも似た言葉にガンちゃんが頷いていった。

「真由美さん本人も境界知能でした」

「えっ、あの子が?」と、小林さん。

「そうは見えなかったけどな」と、杉山さん。

二人の驚きは理解できる。

どちらかと言えば、真由美ちゃんには聡明な女性、というイメージを持っていた私だった。それはパパもママも、小林さんや杉山さんも同じだろう。

「広告代理店勤務という刷り込みが成功したんでしょうね。その職種なら頭がいいだろうという先入観が働きますから」

ガンちゃんの言葉に同意した。

「そう言われてみれば、真由美ちゃんから具体的な仕事の話を聞いたことはなかったわね。で、真由美ちゃん自身が境界知能だったっていうのを、ガンちゃんはどうやって知ったの?」

「本人から直接聞きました。どちらかといえば真由美さんの場合は後天的な境界知能だったようです」

「原因は、やっぱりネグレクトなの?」

「そのようです。早くにご両親が離婚し、その後は母方のお祖父さんに育てられ、そのお祖父さんも、かなり認知症が進んでいたようですから」

「ご両親の両方が真由美ちゃんを見捨てたってことなの？」

「離婚の原因がお母さんの浮気で、そのお母さんは男と出奔し、お父さんはお父さんで根っからの遊び人気質で、女性の出入りが激しかったようですから」

「そんなことまでガンちゃんに打ち明けていたんだ」

ママが驚いた声でいった。

「それだけガンちゃんを信頼していたんだね」

それはどうだろ？

首を傾げた。

ママは善意でそう思いたいのだろうけど、むしろその逆じゃないかしら？

ガンちゃんの気持ちを察し、それが鬱陶しく思えた真由美ちゃんが、ガンちゃんに嫌われたくてそう言ったのではないかと考えた方が、私には自然に思える。

「パパ活で、自分の承認欲求を充たしたいと思った娘らと、そんな娘らを保護することで、自身の承認欲求を充たしたいと考えた真由美さんとは、同じ地平に立っていたのではないかと思えてならないのです」

「少女たちはパパ活の相手に、真由美ちゃんは少女たちに承認されることを望んだのね。どちらにしても痛ましい話だけど、それなら納得できないことはないわね」

「そうなの？　和歌ちゃん」

「ええ、そう考えるのが自然に思えます」

ママが残念そうに口を結んだ。

「そうであるなら、なおさらのこと、事件の真相に迫る必要があるよな」と、小林さん。

「ああ、境界知能が問題の根源だったんだからね」と、杉山さん。


それから小林さんと杉山さんは、メモを取りながら、真由美ちゃんが家出少女にした仕打ちを根掘り葉掘り質問した。

本当にこれが社会正義のためなの？

聞くに堪えない打ち明け話に、私は耳を塞ぎたくなった。

「テメェら、いい加減にしねぇか」

折り畳み椅子に座って足を組んだパパが不機嫌な声で言った。

「死人に鞭打つたぁ、まんまオメェらの所業じゃねぇか」

「酷い言われ様ですね」

小林さんが苦笑した。

「実際に真由美ちゃんは、鞭打たれても当然のことをしたんですよ」

「なぜアイツがそんなことをしたのか、どんな生い立ちが原因だったのか、どんな気持ちでやっていたのか、それをテメェら知らねぇじゃねぇか」

「パパは知っているんですか？」

「知るわけねぇだろ」

「だったらどうしようもありませんね。死人に……」

言い掛けた小林さんが右手で口を塞いだ。

死人に口なしといいたかったのよね——

でも、その言葉がどれだけパパの神経を逆撫でするかに思い至って、慌てて口を塞いだのよね——

「僕も真由美さんの生い立ちを、もっと詳しく知りたいです」

きっぱりとガンちゃんが言い切った。

「僕は真由美さんから聞かされた話以上のことは知りませんけど、小林さんと杉山さんなら、それを調べることが可能ですよね」

「そうだね。周囲の関係者からの証言も得られるだろうし……」

小林さんが頷いた。

「でも、それだったら」と、杉山さんが割り込んだ。

「とりあえず今夜の自首は止めにしないか。僕と小林さんで材料を揃えてから、こちらの弁護士と相談するよ。殺人の罪が覆ることはないだろうけど、状況によっては情状酌量の余地ありと判断されるんじゃないかな？」

「いいえ、僕は今夜自首します」

ガンちゃんが首を横に振った。

「どうして今夜にこだわるんだよ。まだガンちゃんは疑いも掛けられていないんだから、少しタイミングが遅くなっても、自首の効力は認められるんだよ」

小林さんが苛立った。

「そうだよ。僕たちも全力挙げて関係者から聞き取り取材をする。それに何日も掛かるわけじゃない。少しだけ猶予をくれないか。弁護士との擦り合わせも、迅速にするからさ」

杉山さんは懇願口調だ。

「そうしなよ。ガンちゃん。この二人はマスコミの、それもそれなりの立場にある人だよ。私らができないような取材もしてくれるだろうし、有能な弁護士さんも紹介してくれるに違いないよ」

ママまで説得する。

「そうだよ、ガンちゃん。それがいいよ」

私ももちろん同意した。

「真由美ちゃんの件は、被害者も加害者も、境界知能だったということで共通しているんだよ。それだけ焦点がハッキリしているのなら、調査にもそれほど時間は掛からないと思うけどな。その全容を摑んでから自首したらどうだ？」

私にガンちゃんの視線が向けられた。

優しい視線だった。

あ、これはダメなやつだ。

なぜだかそう感じて背筋が冷たくなった。

ガンちゃんの視線がママに移った。

それから小林さんと杉山さんに視線を移してガンちゃんが言った。

「弁護士さんの件はお断りします」

ガンちゃんの言葉に小林さんと杉山さんが目を丸くした。

それはそうだろう。

私だって自分の耳を疑ったくらいだ。

「なにを血迷っているんだ。キミに優秀な弁護士を探す伝手でもあるというのかッ」

小林さんが声を荒らげた。

「いえ、ありません。最悪、国選弁護人でも良いと僕は思っています」

「ダメダメ、国選なんかがキミの罪を軽くできるはずがないだろ」

杉山さんが説得するように言った。

「罪は罪として罰を受けたいんです。真由美さんの殺害を隠蔽しようとしたことは警察に正直に話します。罰を受けたいんです」

「偉ぇ、それでこそ『あじろ』の客だ」

パパが気持ち良さげに膝を打った。

「それじゃぁこっちが困るんですよ」

迷惑そうな声を出したのは杉山さんだった。

「どう困るんでぇ」

「だってガンちゃんの罪が重くなったら、逆に真由美さんの存在感がなくなって番組が軽くなるじゃないですか」

やっぱりこの人たち——

「テメェ、もういっぺん言ってみやがれ」

パパが拳を握り締めて立ち上がった。

「いやいや、二人とも落ち着いて下さいよ」

小林さんが仲裁に入った。

「杉山さんも拙いよ。このタイミングで番組のことなんか口にしたらダメですよ」

「だったら小林さんは、このガンちゃんの言葉をどう受け止めているんですか？」

「ガンちゃんは混乱しているだけだよ。冷静になって考えれば、どの選択が自分にとっていちばんの選択なのか、分かるはずだからさ」

「分かっているから申し上げているんです」

ガンちゃんが胸を張った。

「真由美さんを見せ物にしてまで、僕は罪を軽くしたいとは思いません」

きっぱりと言い切った。

「事実を事実として伝えるって言っているだけじゃないか。それが報道っていうもんなんだよッ」

杉山さんの言葉も荒い。

「おい、それ以上、要らねぇことを口走ると、出禁にするぞ」

出た！

パパの切り札だ――

「またそれですか」

杉山さんがウンザリした顔をした。

「報道の自由をご存じないんですか。言論の自由です。これは憲法でも認められている自由なんですけどね」

控えめの口調だが、杉山さんがパパに反論するなんて珍しい。

いや、初めてじゃないかしら？

「てやんでぇ。憲法だか芋けんぴだか知らねぇけどよ。真由美は俺たちにとっちゃ孫娘同然の人間なんでぇ。その真由美の悪事を並べ立てられて黙っていられるかよッ」

パパがブルブルと体を震わせた。

そうだよね――

パパやママにとっては孫娘同然なんだよね――

私も言われたっけ――

私が犯人じゃないかと疑われた時、パパが「オマエは娘同然だ」と、言ってくれたんだよね。

エッ――

私は娘同然で、真由美ちゃんは孫娘同然なの？

そんなに歳は変わんないんですけど――

「杉山さん、止めなよ」

小林さんが杉山さんの肩に手を置いて宥めた。

「こうなったら、どんな反論も暖簾に腕押しだよ。ここは素直に退散した方が賢明じゃないかな。出禁になったら困るでしょ」

「そうですね。ほぼほぼネタは拾いましたから、これ以上聞かなくても、番組は作れますからね」

「河岸を変えて今後の相談をしようじゃない」

小林さんに促されて、杉山さんがテーブル席を離れた。

「今日は奢りということでしたよね」

小林さんがママに確認して二人が退店しようとした。

「待ちやがれッ」

その背中をパパが呼び留めた。

「だって二人とも大事な会合を抜け出して『あじろ』に来たんですよ。パパの奢りだともママから言われていますし……」

『あじろ』の勘定を渋るような二人ではない。

一刻も早く、この気詰まりな場所から逃れたいんだろう。

「そんなケチくせぇことを言いたいんじゃねぇよ」

「僕らの報道に注文を付ける気なんですか？　さすがにそれは聞けない話ですよ。そこまでされたら出禁だって甘んじて受けますよ」

小林さん、なかなか骨があるじゃん――

いやいや、感心している場合じゃないわ――

小林さんと杉山さんは、これから真由美ちゃんを見せ物にする相談をしようとしているんだ。

その小林さんに感心しているなんてどうなのよ？

私は混乱するばかりだった。

「違ぇよ。オマエさんらがどんな報道をしようが、それにトウシロウの俺が口出ししちゃぁいけねぇってことくらいは百も承知だ」

「それじゃぁなにを仰りたいのでしょうか？」

「いいか、忘れんじゃねぇぞ」

眼光鋭くパパが二人を睨み付けた。

二人が背筋を伸ばすほどの圧だった。

「真由美がでぇじな孫娘なら、オメェらは俺らの息子も同然なんだ。オメェらだけじゃねぇ。

『あじろ』の常連客は皆、俺たちの家族みてぇなもんなんだ。だから遠慮せずにまた来るんだぞ」

パパが念押しした。

パパの言う俺たちがママを含んでいることは確認するまでもない。

そうなんだ。そう思ってくれていたのよね――

小林さんも杉山さんも息子みたいに――

真由美ちゃんは孫娘で、私は娘だけど――

パパの言葉に小林さんと杉山さんがハッとした顔をした。

私は確かな手応えを感じた。

この二人なら、真由美ちゃんの悪女ぶりをことさらセンセーショナルに強調したりはしないだろう。

少なくとも、今のパパのセリフを聞いた後で、そんなことはできないだろう。

真由美ちゃんがやったことは、確かに稀代の悪女と呼ぶに相応しい所業だったかも知れないけど、真由美ちゃんがモンスターになってしまったのは彼女ひとりの責任ではない気がする。

社会の責任だとまでは言わないけど――

「また来させてもらいます」

「必ず寄らせてもらいます」

小林さんと杉山さんが異口同音にいい、深々と頭を下げて『あじろ』を後にした。


「さてと」

パパが折り畳み椅子に腰を下ろしてハイライトに火を点けた。

「あの二人が居なくなったんだし、真由美の想い出話でもするか」

「そうだね。それがいいよ」

ママがパパに同意した。

でもそれからの四人の話は盛り上がらなかった。

真由美ちゃんがどれだけ可愛い子だったとか、顔を出すだけで店内がパッと明るくなっただとか、そんなありきたりの話をポツリ、ポツリと交わすだけだった。

仕方がないわよね――

四人とも事件に繋がるような話は避けているんだもん――

これから出頭するガンちゃんのことにも触れないようにしているんだもん――

暗い夜道の街灯の周りを、四頭の蛾がクルクル飛んでいるような会話だった。

「浅草の金太郎寿司、美味しかったですね」

いよいよ話題に詰まったのか、ガンちゃんが私に言った。

真由美ちゃんも連れて行ってあげたかったね——

思っただけで口には出せなかった。

パパそっくりの実穂さんにも会わせてあげたかった。

パパやママ以上にサッパリした浅草っ子の実穂さんだったら、きっと気が合うお友達になれたでしょうに——

そんな詮ないことを考えてしまうしかなかった。


ガンちゃんが何杯目かのビールを飲み干した。

「それじゃ、そろそろ」

「自首するんだろ。三人で送ってやるよ」

「止めて下さいよ。恥ずかしいじゃないですか」

ガンちゃんが苦笑した。

「僕はここから出港しますから、船を見送るみたいにここで見送って下さいよ」

「おいおい、ここは港じゃねぇんだぞ。出港ってなんだよ？」

パパも違和感を抱いたみたいだ。

「ここは僕にとって港みたいなものなんですよ」

ガンちゃんが笑みを浮かべて答えた。

そして続けた。

「最初に僕が『あじろ』を知った時、熱海の網代漁港から名前を取っているのかと勘違いしていました。もちろん今では味の路だと知っていますが、それでも僕は、『あじろ』を網代漁港だと思っています」

網代漁港が『あじろ』の由来だろうという誤解は、いつもならパパの癇に障ることだが、今はパパもママも神妙に耳を傾けている。

「お客さんは漁船です。皆さんその日にあったことを漁獲して、お店に持って来ます。それを酒の肴にワイワイ愉しむ。今日は良かった悪かったみたいな。だから『あじろ』の味は、本当はお客さんのネタ話なのではないのかと考えるんです」

ジイーンと胸に響いた。

ガンちゃんらしいや――

素直にそう思えた。

「ですから僕は『あじろ』から出港するんです」

「遠洋漁業に出るんだな」

パパがガンちゃんの話に合わせた。

「途中暴風とかに遭うこともあるかも知れないけど、体だけは大事にするんだよ」

そういうママは涙声だ。

「ガンちゃん待ってるからね」

他人のことは言えない。

私の頬には涙が伝っている。

「それでは長い航海に行って参ります」

ガンちゃんが敬礼の真似事をして颯爽と席を離れた。

引き戸を開けた背中にパパが言葉を投げた。

「絶対帰ってくんだぞ。この……」

言葉を選んだ。

「馬鹿息子ッ」

言うなり滂沱《ぼうだ》の涙を流した。

パパの言葉に振り返りもせず、軽く右手を上げて会釈して、ガンちゃんが『あじろ』を後にした。

初出　「小説推理」二〇二二年八月号～一二月号

赤松利市●あかまつ・りいち

1956年香川県生まれ。2018年「藻屑蟹」で第1回大藪春彦新人賞を受賞しデビュー。20年『犬』で第22回大藪春彦賞を受賞。他の著書に『鯖』『らんちう』『ボダ子』『純子』『白蟻女』『隅田川心中』『救い難き人』、自らの来し方を綴ったエッセイ『下級国民A』などがある。

あじろ

2024年5月25日　第1刷発行

著　者——赤松利市《あかまつりいち》

発行者——箕浦克史

発行所——株式会社双葉社

東京都新宿区東五軒町3-28　郵便番号162-8540
電話03(5261)4818〔営業部〕
03(5261)4831〔編集部〕
http://www.futabasha.co.jp/
(双葉社の書籍・コミック・ムックが買えます)

DTP製版—株式会社ビーワークス

印刷所——大日本印刷株式会社

製本所——株式会社若林製本工場

カバー印刷——株式会社大熊整美堂

落丁・乱丁の場合は送料双葉社負担でお取り替えいたします。
「製作部」あてにお送りください。
ただし、古書店で購入したものについてはお取り替えできません。
電話03(5261)4822〔製作部〕

定価はカバーに表示してあります。

ISBN978-4-575-24742-8 C0093